燈塔水母

Immortal jellyfish

蕭辰健 著

獻給

此生最溫暖忠實的朋友

AK

目錄

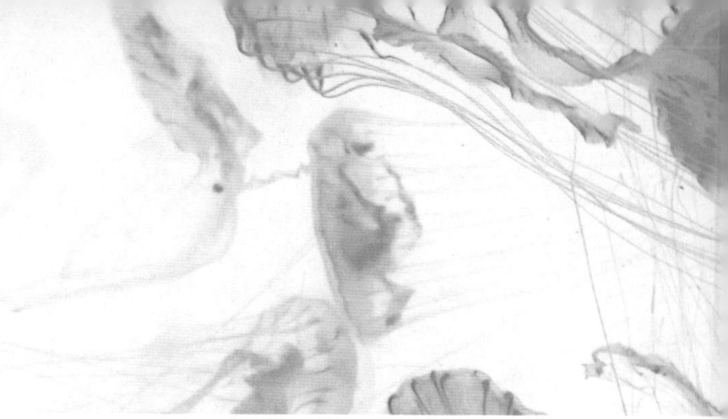

第三章——死亡

第四章——永生

後記

好評推薦

《燈塔水母》是部有趣的小説，以這實際存在的生物做為喻體，談論生死、情感與執著，穿插線索謎團推動故事前進。

情節也許略顯跳躍、銜接的環節可能還須強化，但我喜歡其中的臆測留白，可以讓人稍稍佇足停留、感受餘韻迴盪；書中提及的知識、術語、科技等等，亦存有巧妙細膩的連結對應，讀來令我滿足。喜見新一代創作者的開拓嘗試，期待持續努力進步。

——冬陽，小說評論者

關於失去與追尋。關於時間的撫慰與傷害。關於巨大的暗夜，如何握住一閃即逝的光。

——陳柏言，小說家

燈塔水母

（*Turritopsis nutricula*）

可跳過死亡階段，

從水母體變回水螅體。

又稱永生水母。

第一章——水螅

當你一無所有，你便別無可輸。
如今你已隱形，沒有祕密可藏。
感覺如何，感覺如何？
無家可歸，無處可去？
沒沒無聞，宛如滾石？

——巴布．狄倫（Bob Dylan），
〈像一塊滾石〉（Like A Rolling Stone）

整個世界就是一顆生日蛋糕

〔二〇一九年〕

1

利馬夜小學三年級的冬天，家裡辦了一場慶生會。

他攬起近乎全部的籌備工作，例如親手寫邀請函給好朋友們，調查每個人能否各帶一道菜出席，並且要求回函告知，以免菜色重複。

他的死黨「冷王」潔寧對此搖頭評論：「完蛋，計畫狂阿夜又爆走了。」潔寧甚至為此跑到講臺上，激動地講了一席話：「大家趕快寫回條！我的電動夥伴忙到著魔了！在這裡，我要用一張迷因來表達我的心情……請看全班的群組。」

意願調查從慶生會的兩個月前就已展開，在潔寧不情不願的陪伴之下，利馬夜陸續造訪了幾位同學的家，逐一對家長說明。他會附上一張由他撰寫、排版、插畫的「慶生會企劃書」，共兩面。這是一場共襄盛舉的「現代慶生會」。

拜潔寧在班上的好人緣——以及太會說冷知識的「冷王」名號——所賜，家長們泰半對這個計畫大方支持。哪怕是實際上覺得麻煩，只想用幾瓶廉價汽水打發小孩的人，表面上仍對利馬夜讚譽有加，說他未來必定大有可為。

慶生會的一個月前，潔寧依舊抱怨著電動在「亞德里分」卡關好久，利馬夜則收齊了所有回函，確定當天可以湊出一桌好菜：有肉、有湯、有菜，還有各種小孩子最愛的零食，距離完美只差臨門一腳。

接著，籌備工作進入第二階段。

潔寧在放學時又一次邀請利馬夜去打電動。利馬夜說了個謊，暗自決定以後會好好補償潔寧：

「抱歉啦兄弟，今天不行。我的小阿姨柏莎這次也會從哥倫比亞飛過來，我們全家要先去買一些她喜歡吃的東西。」前面都是對的，後面是謊言。

「哇⋯⋯哥倫比亞在哪？是我們的邦交國嗎？」單純如潔寧，頓時就將無法突破

「亞德里分」的挫折拋諸腦後，「你的小阿姨是美女嗎？」

「我覺得我媽比較漂亮，」利馬夜說，「但柏莎阿姨也不賴，你一定會喜歡她。」

「那你生日那天，我要穿襯衫去。」潔寧拉直小凸肚上的T恤，上面沾滿了今天、昨天，以及許久前的食物油漬。潔寧太過熱愛這件畫著「角落生物」的T恤，導致它現在像件醃了十年的舊衣。

「好啦兄弟。我答應你，等慶生會結束，我們就一個星期不吃不喝，一次破到最後一關。」利馬夜伸出手，跟潔寧來了一回兄弟擊拳。互敲拳頭兩次，順轉一圈、逆轉一圈，然後互握著撞一下胸口。

「好吧。我就再等一下下，一下下下下。」潔寧嘴角用力，微微一笑。這是在模仿他媽媽最近迷上的英國男星，差別是潔寧不小心露出牙齒，缺了兩顆門牙。

「還不錯。我覺得你越來越像抖森了，真的。」

「真的嗎？」

「真的。」

利馬夜豎起大拇指，為他的患難兄弟增加信心。

2

等潔寧帶著承諾，心滿意足地回家之後，利馬夜獨自前往韶光區僅剩的一家雜貨店，買齊了緞帶、壽星帽、賓客帽、一本簡易蛋糕食譜，然後就著鄰人所畫的歪斜地圖，找到了傳說中也是韶光區僅存的烘焙材料店「電光」。

一走進電光烘焙行，利馬夜首先彎下身來，跟老闆行了個禮。

「老闆好。」

灰茫的室內只點著兩管日光燈，其中一管呈半壞狀態，閃起又滅、閃起又滅，替原就陰涼的空間增添一層怪異氣息。

老闆將雙腳高翹在玻璃櫃檯上，嘴角叼著一根細條狀物品，有一擺沒一擺地在空中畫圈。

「哦，那個外國人家的小孩。」

老闆的眼皮依舊闔著，雙手枕在頸下，涼椅往後斜斜放倒。他的眉間皺出一條黑深溝槽，窄窄鼻翼微幅張開，帶動滿是鬍渣的人中一帶，隨興哼著一些零碎的旋律。

他的低沉音頻如煙霧，自胸腔深處緩緩升起，時而高飛、時而低收，音量極度不穩，偶爾會驟然拉起，蓋過壁掛式電視機的新聞播報聲。

一陣帶刺的寒涼，暫時籠罩在利馬夜的肩頭上。

因為眼前這個身穿吊嘎，手臂紋著槍與玫瑰的中年男子，光聽聲音就識破了他的身分——他不太想被拿來作文章的那個身分。

「我媽媽是西班牙裔的巴西人，」利馬夜故作無謂，好讓自己聽起來不像在辯解，「我爸爸是這裡人。我是混血兒，不是外國人。」

「利馬，」老闆每說完話，就從中斷的地方繼續哼起，彷彿說話才是多餘的外務，「意思是『住在河堤邊的人』。」

「真的嗎？」利馬夜話一出口就感到懊悔，覺得自己不小心上鉤了。

他抿著下唇，嘗試讓自己看起來更加堅定。

「你怎麼知道我叫什麼？」

「住這區的人，有誰不知道利馬家啊？」

此時哼至激昂處，老闆倏然揚起紋身的手臂，往上空用力戳刺。

老闆直到現在都還沒睜開眼，也不問利馬夜是來幹麼的。

利馬夜為此感到有些迷惘，彷彿刻意鼓起的勇氣，只算是微不足道的小事。同時他也淡淡開心。雖然他不請自來，為了其實沒有要買東西而戰戰兢兢，卻仍受到允許，能夠站在這裡說話，而對方也不介意在哼歌之餘做出回應。

「我有一件事情想問。」

利馬夜踮起腳，奮力爬上玻璃櫃檯前的旋轉椅，從後背包掏出剛剛買的《打造完美起司蛋糕》，在桌面攤開。

他最想吃的，其實是有鮮奶油裝飾的那種草莓蛋糕。可是一方面，雜貨店的奶奶說起司蛋糕做起來很快；二方面是，這本書的封面寫著「零失敗！」。這樣一句短短的標語，對這年的他而言，就如一句咒語，或者說保證，他所需要的那種。

利馬夜翻到第二十八頁，這款是他心目中稍微次於草莓奶油蛋糕，但也不差的第二選擇。

「莓果奶香紐約起司蛋糕，」他念出蛋糕全名，以及下方的簡介，「滿滿的莓果，將蛋糕裝『屍』得光彩『多』目……」

老闆哼著如大水奔騰的曲調，此時稍微慢下了些。利馬夜相當專心，他吃力地瀏覽剩餘的部分，心想可能得請學校老師幫忙標個音。

「就是……我家有一個小烤箱，可以做出這種蛋糕嗎？」

「多小？」

利馬夜小小的掌心相對，拉開一個距離。老闆仍閉著眼，一副隨時會睡著，或者已經睡著的模樣。利馬夜指了一下櫃檯內的壁櫃，雖然用指的也無濟於事，因為老闆還是閉著眼。

「像你那邊……那臺黑色的……收音機？那麼大。」

「太小了。」

「那……」

利馬夜翻動書頁，跳過他不敢奢望的三層蛋糕，一路翻至他已經摺角的第七十三頁，他心中的第三順位。

「芒果生起司蛋糕，」他繼續介紹，「蛋糕內部、麵『國』以及表面皆使用芒果，製作出濃『有』的香氣……」

「沒辦法。」老闆說。

「那……我還有第四順位。」

「不用再翻啦！你家的烤箱太小，啥蛋糕都做不了。」

「那……這邊還有用杯子裝的……」

「小鬼，這蛋糕到底是誰要做的？」

「我媽媽。」

「那她難道不曉得家裡烤箱有多大，還叫你來問我？」

若有選擇，利馬夜倒也非常希望，站在這裡問問題的人不是自己。他的胸口有股熱氣在旋繞，綜合著一點委屈的痛感，時不時往外一撞，卻難見天日。天曉得他多想要衝出店外仰頭大叫：「我也不想這樣呀！」但是他忍耐著。因為他早就決定要忍耐了。

「計畫狂阿夜」可以克服一切。班上的大家都是這樣說的。

慶生會的第二階段籌備工作如下：先把蛋糕的作法問個清楚，回家後把食譜拿給媽媽，並保證「真的很簡單」，懇求她在慶生會那天為他做個生日蛋糕。就這麼簡單，但利馬夜突然有些後悔。

假如他一開始別提什麼烤箱大小，直接問老闆一些別的問題，例如奶油乳「各」跟酸奶油的差別是什麼，那事情是否會比較順利？他是否就能增加微渺的機會，獲得他所渴望的那顆生日蛋糕？

「小鬼，你幾歲啦？」

冷不防地，老闆問了個完全無關的問題，打斷了利馬夜帶點悲憤的沉思。

「再一個月我就十歲了。因為搬家，我比別人晚一年上學。你不要叫我小鬼。」

以利馬夜的時間感而言，他「小時候」有「很長一段時間」，都寄住在哥倫比亞的柏莎阿姨家。那是度假沒錯。後來終於，爸爸接他回到了韶光區，媽媽也在，一切好像回到常軌，至少表面上是這樣。

經過一堆學力測驗，以及複雜到令人抓狂的行政手續。利馬夜在去年回到韶光小學，被塞進二年級的班級，卻發覺班上朋友全都小他一歲。

接著大家開始問利馬夜，他媽媽是真的離家出走了嗎？他爸爸是真的去了很多個國家，四處找他媽媽？

面對這些問題，利馬夜總是心慌，甚至默默感到生氣——對自己生氣。假如試著解釋，他會像是個搞不清楚狀況的笨蛋（他確實是），還被年紀比自己小的同儕告知真相。但若什麼都不說，又像是在默認一切。

於是每當有誰問起，他就回答，爸媽是去環遊世界了、他當時太小了、他在哥倫比亞玩得好開心、他什麼都不知道。

他什麼都不知道。

這一天的利馬夜，沒有想起太多上述的事情。他一心一意想完成自己套在自己身上的任務，好奇心又繞著電光烘焙行的老闆打轉。即使比別人晚一年上學，即使他覺得自己很大了，他仍舊是個小孩。

老實說，倘若不是走頭無路，利馬夜或許根本就不會鼓起勇氣踏進電光烘焙行。這棟老房子和坐鎮其中的歷任主人，在韶光區居民的內心深處，隨時間幻化成了某些或斑斕、或幽暗的傳聞，蕩漾在街頭巷尾，嘴上耳邊，並且代代傳承。

據說在利馬夜父母輩年幼時、祖父母輩年幼時，甚至更久、更久以前，幾乎每一代人，都見證過不一樣的老闆，長年窩在這間烘焙行裡。他們一副顧店樣，卻又似乎完全沒在做生意，就只是存在於那個地方。

每任老闆被人問起時，無一不說自己是上任老闆的兒女。怪異的是，居民從沒看過這些老闆嫁娶，生下或撫養孩子。世代之間的接棒，並不若「烘焙店的老張生下兒子，兒子成年後接下家業」那類理所當然、脈絡可循的故事。

電光烘焙行的傳承，實際上更像是「老張顧了四十年的店，向來孑然一身，不見妻小，接著有天，老張消失了。毫無預警地，一名誰也沒見過，甚至長得完全不像老張的年輕人，就坐在了那張涼椅上頭。你問起老張，年輕人會告訴你老張是他爸爸，移居某處，享福去了」。

他們的樣貌，令人難以聯想絲毫的血緣關係。若你深究，他們都能朗朗說出煞有其事的家庭歷史。他們能背出祖譜，爸媽是怎麼戀愛的、爺爺奶奶是怎麼認識的，還有這間店在大航海時期，前身可是一間布行呢。他們能提供烘焙建議，推薦最新潮的烘焙器具，對烘焙也具有一定程度的知識。好似完美，沒有瑕疵。你直覺知道哪裡怪怪的，可是無從言述，並缺乏證據。

電光烘焙行的掌管者，如接力賽跑者，也如打卡交接工作的組織員工，唯一的差別僅在時間跨度。

四十年或五十年，他們的一輪班通常就這麼長，從不見有誰中途離開崗位，也沒碰過長期無人留守的情形。

在利馬夜眼前的現任老闆，是去年剛出現的「新」老闆。每回電光烘焙行發生「交接」，總要在韶光區暗暗掀起討論熱潮。大人們會為都市傳說成真而感到戰慄，甚至有些見證歷史的刺激感，但轉過頭就編織嚇唬用的警告，要孩子們沒事別去那附近晃蕩。

對利馬夜而言，眼前的男人不若想像中可怕，並無謂新舊。他微微嬉皮、微微厭世，感覺跟烘焙不太搭調，倒很適合擺放在搖滾樂團的舞臺上。可是他就立足於此處，在這間烘焙行裡，執行著他的人生任務。眼裡沒有裝滿企圖，但也不是妖魔鬼怪。對世界不屑一顧，卻也沒有別眼忽視。

「那你幾歲？」利馬夜無意間一問，彷彿壓下無形的開關。

老闆睜開眼——反倒使利馬夜感到不可思議，明眸溜溜轉來，露出一個微微覺得好笑的表情。

「你幹麼笑啊？」

「好像已經很久沒人問我幾歲了。」

老闆拿下一直叼著的東西，喀嗤喀嗤全部吃光。利馬夜覺得那是一根生的義大利麵。年幼的他，實在不確定那東西沒煮能不能吃，眼圈稍稍睜大了些。

「哦，你有很漂亮的眼睛呢……」

老闆這下像解除封印的木乃伊，咻地挺起身子，雙臂疊放在玻璃櫃面上。

那張凶臉，如今變得不太一樣了。

老闆的眼角皺出幾條渠道，嘴唇兩端微微上翹，目光輕巧轉著，讓利馬夜想起某個在新聞上聽過的詞，「地毯式搜索」。

「我不喜歡我的眼睛。」利馬夜說。

「是嗎？紫色瞳孔是非常罕見的哦。該怎麼說呢？會有一種魔力，讓人想盯著看，可是又看不透裡面在想些什麼。就像……卡麥蓉・狄亞那樣。」

老闆沉溺於想像當中，看起來有點幸福。在這個瞬間，他就像任何一個普通的男人，不像牛鬼蛇神，亦沒有掌握世界背後的祕密。

「我想要像你這樣的普通眼睛。」為求慎重，利馬夜刻意加重語氣。

「『我這樣』的『普通』眼睛……」老闆噗一聲，爆出整串大笑，不留餘地。

「你幹麼又笑！」

老闆用指頭撐起眼角，擦掉晶亮亮的笑淚。

利馬夜輕拍玻璃櫃面兩下，當作抗議。

終於，老闆正眼望向利馬夜，掛起一道勁帥的笑——比潔寧的天然很多。

「別擔心，長大就會好了。」

那是一句出乎意料之外的話，將封死的井鑿開一個小洞，在裡頭造成迴響。

「那我一定會好起來，」利馬夜說，「你等著看吧。」

等利馬夜終於大到某個年紀，足以理解人的瞳孔並不會隨著成長變色之後，他才明白，老闆這天所說「會好」的並不是瞳孔顏色，而是他看待自己的方式。

此刻利馬夜有些氣憤，可是無疑對這個男人抱有好感。他勇闖險境，以為這間店裡的神祕力量，能夠帶來一些痛快的救贖。他需要幫助，事實上誰也幫不了他，鬼神、電光烘焙行的老闆都辦不到。

但他當然還不打算承認，更別說意識到這件事情。一旦承認，他就再也不是能夠用努力換結果的那個計畫狂阿夜。一旦承認，他就只能變回那個無助、虛弱的小孩。他甚至不需要魔法，僅僅渴望著老闆所給予他的，這種跟世界暫時平等的感覺。

「上一任老闆不是你爸爸，對不對？」利馬夜突然問。

老闆笑容如故，看不出他對這個人人好奇的老套問題，抱持著什麼樣的情緒。他看起來並沒有受到冒犯，反倒好像很高興等到這一刻。

「小鬼，」那雙顏色普通的淡褐眼眸拋出光采：

「問題向來不在於是不是，而在於能不能。」

即使他是那麼柔和，不帶一點侵略性，利馬夜仍然覺得被刺傷了。

「我聽不懂你在說什麼。」

「你會懂的。」

「又要等我長大之後嗎？」

「你未必會。」老闆闔眼躺回涼椅上，調妥一個舒舒服服的角度。

現在玻璃櫃檯上只剩利馬夜一個人。他發現自己也弄不清這句話的意思，究竟是他未必會懂，還是未必會長大。或者是……兩者都未必？

利馬夜想再追問，但老闆哼起了一段新的旋律，直接從激昂處切入。

這讓他明白，是時候回到外頭去了。

3

那天晚餐時間，利馬夜背著沉重的採購背包走進廚房。

他很確定爸爸又不在家了。不確定的地方則是，爸爸昨晚是否曾在深夜返家梳洗，或是已經一天一夜沒有歸來。利馬夜曾用學校發的月行事曆做紀錄，想找出之中的規律，而潔寧就是這樣開始叫他「計畫狂阿夜」的。

利馬夜走過冰涼涼的廊道，開燈時，發現母親艾納坐在廚房的地面上，小巧的下巴微揚，靜望著流理臺上那扇窗。

「我回來了。」利馬夜卸下背包，小心翼翼坐到母親身旁，跟著抬起小臉，想看看那個方向有些什麼。

但那裡什麼也沒有。

來自北方無關國家的寒風，正將斗大的雨珠吹打上窗面。外頭的景色糊成一團，藍紫色的傍晚逐漸墜入暗夜，失去本體。母親所盯著的形體或概念，就像他對母親的認知，無從解析也無從親近。

「今天有人跟我說，紫色的瞳孔很少見。」利馬夜說。

「哦，是嗎？」母親說得輕，跟心不在焉只有一線之隔。

他聞得到母親身上木質花香調的餘韻。這是新的香氣，跟從前有些不同，他並不討厭，但對變化沒有太多好感。

「那你的眼睛，是什麼顏色的呀？」隔了一段時間，母親問他。

就在此刻，利馬夜想起剛剛在電光烘焙行，他問老闆幾歲，老闆根本沒有回答。可惡。老闆只不過吃掉一根生的義大利麵，他就忘了自己原本在等待答案，更沒發現老闆那樣輕而易舉，就轉移了他的注意力。事實上，老闆唯一斬釘截鐵的答覆，是利馬夜的願望根本不可能實現。

好笨。被耍得團團轉。

「我生日那天，妳可以幫我做生日蛋糕嗎？」

這是利馬夜人生中第一次用問題來答覆問題，在這一秒鐘，他並未察覺，他又長大了一些。

「哦？你生日要到啦？」母親輕輕撫摸著他的頭髮，「當然可以，你想吃什麼口味？」

「我買了一本食譜，」利馬夜說，「可是烘焙行的老闆說，我們家的烤箱太小，什麼都烤不了。」

「寶貝，這有什麼難的？」母親抱了抱利馬夜的肩膀，輕吻他的頭髮一下，「我去隔壁巷子，跟小奉媽媽借一下就好了。那些媽媽很常一起做蛋糕。」

小奉是利馬夜跟潔寧在隔壁班的另一個死黨，大概是全年級最漂亮的女生，但是很喜歡指揮人。潔寧近來發明了「奉奉之旨」的句法，例如「奉奉之旨我買了飲料來」、「奉奉之旨我們放學後集合」、「奉奉之旨你不能違背奉奉之旨」，附帶雙手畢恭畢敬貼著肚子的彎腰動作。利馬夜經常必須忍住不笑，因為小奉本人不甚欣賞這番幽默。

「真的？」利馬夜喜出望外，「妳會做蛋糕？」

「當然。這是你的生日呀，不是嗎？」

「那妳會做草莓奶油蛋糕嗎？」

「寶貝，你說了算。」

利馬夜點點頭，心頭點起一支吵嚷的仙女棒，燃著熱烈的光。用不著食譜了，甚至比那更棒。母親的腦袋裡頭果然刻寫著草莓奶油蛋糕的食譜，如同他對世間為母者的想像那般。

利馬夜的肚子餓了，但喜悅暫時滋養著他。

他們母子倆又繼續望著那扇窗戶一段時間，彷彿在等待著什麼降臨。有某個瞬間，利馬夜覺得外面那坨看不清的世界也沒那麼討厭。至少在當下，他是這麼相信的。

「我以前在雜誌上看過，有種水母在活到老之後，會再變成小時候的樣子哦……就是會變回水螅。」

「水螅？」

「聽說牠們只有這麼小。」

母親的食指和拇指微顫，幾乎碰在一塊，之間保留一道不穩定的縫隙。

「好小。」

「當我難過的時候，就會忍不住想起牠們。不曉得牠們返老還童之後，還會記得以前當水母時的事情嗎？」

水母也會有記憶嗎？利馬夜沒有定論。

「你覺得呢？」母親問，但沒留時間讓他回答。

「返老還童乍聽之下，好像是一種重新出發。但會不會其實，牠們已經跟上一秒的自己完全不一樣了？也就是說，原本的自己已經死了，灰飛煙滅。」

有一瞬間，母親像是連氣息都停掉了。

她的雙脣再次分離，發出微乎其微的唦聲：「好可憐。」

現在有機會可以發言，利馬夜卻陷入沉思。母親著迷於凝望黑夜，比起跟他對話，更像在自言自語。他不曉得答案是什麼，可是他害怕母親談論死亡。

反過來想，當母親不再記得他的生日，或者分不清他瞳孔的顏色，母親也算死去了嗎？她是在什麼時候死去的呢？她也跟水母一樣，被困在一碰就碎的身軀裡頭，經歷某種哀淒的循環嗎？

城鎮昏睡在雨聲之中，雨珠陰影流過母子倆的臉龐，將他們切成海中模糊的殘影。接著月光從一個看不見的遠方照撫過來，如一顆膨脹開來的星點，晃蕩打亮他們臂膀之間不穩定的縫隙。

母親發出一個介於吸氣和嘆氣的氣聲，但沒有再提起其他話題，就像對利馬夜往後人生的一種預示，她已經沒有更多能說的了。

4

慶生會當天，利馬夜一早醒來就發現爸爸在家：顯然是個好預兆。

「我還以為今天是星期一……」爸爸呆呆站在冰箱前，一手提著公事包，一手拉鬆領帶，手指在利馬夜早就用磁鐵固定好的慶生會流程上游移。

「阿夜，抱歉，我最近實在太忙了……我還以為慶生會是下星期。」

「沒關係。」利馬夜應聲。

爸爸為上班做好準備，才發現這天是他的生日。但沒關係，因為一切還來得及。利馬夜從冰箱裡拿出牛奶，為彼此各倒一杯，遞上屬於爸爸的慶生會工作單：「這是你今天要做的事。」

「買水果、去車站接柏莎……噢，我差點忘記她要來了！準備所有人的碗筷跟杯子……」

「就是餐桌上的這些。還有你要幫忙掛彩帶，因為我不夠高。」利馬夜的目光從玻璃杯緣掃向爸爸，又再回到杯中。

「小子，我看你越來越有我的樣子哩。根本就是小大人了……」

爸爸搓揉利馬夜的頭髮，繼續朗誦自己的今日任務。

「『襯衫跟西裝外套』，哈哈！我已經穿好了，簡單。」爸爸放下工作單，語氣轉趨謹慎，「那你媽媽呢？她要負責做什麼？」

「她在家嗎？」

「天還沒亮就出去了……」
「嗯，那沒問題。」
「沒問題嗎？」
昨天小奉告訴利馬夜，母親已經借了她們家的烤箱。
「沒問題，」利馬夜將牛奶一口氣喝完，咚一聲放回餐桌上，「沒問題。」

5

在充滿暖陽的午後，柏莎阿姨帶著一大束鮮花和大量行李現身。
她一踏進門，就給利馬夜來了個大大的擁抱，如同從前同住時的每一天。
「你看看你，又長高了？我好——想你！」
柏莎阿姨如一陣旋風踏入家中，沉沉放下兩個行李箱，從平口洋裝的胸口處抽出邀請函，指著上頭的連環漫畫高呼：

「阿夜，快告訴我……這是你自己畫的？」

「……對。」

利馬夜瞄向門外，爸爸正死命抓緊柏莎阿姨的另外三個行李箱，在石子路上奮力前進。

「上面說把邀請函『拼起來才知道結局』……所有人的片段要拼在一塊，才會知道這是一個怎樣的故事？」

柏莎阿姨似乎是真心感動，雖然她向來如此。利馬夜曾覺得連環漫畫的安排或許太蠢，如今終於恢復些許信心。

「對，在切蛋糕之前，我們會把所有人的邀請函湊起來看……」

熱燙溫度點滴攀上利馬夜的兩頰。他從餘光看見潔寧、小奉、明達正從沙發旁探頭偷看，暗自希望自己的臉沒有太紅。

「噢，真棒！」柏莎阿姨蹲了下來，又是一陣猛烈的親親抱抱，「你知道嗎？這一定會是本年度的藝術佳作！我愛你，寶貝，祝你生日快樂！」

潔寧的一聲低呼傳入耳中。利馬夜很確定自己這下肯定臉紅了。

「我也愛妳，」利馬夜小聲回應，就怕被同學們聽見，「謝謝妳來，柏莎阿姨。」

「噢，那邊的那群小孩子！你們就是我超有天分的小姪子的同學嗎！」

柏莎單手插腰，腕上一整排亮麗手環叮咚作響。她對原本戰戰兢兢的孩子們拋了個媚眼，一手壓著利馬夜的頭。

「哈哈哈！我中文說得很棒對吧？想當年這小子的中文，可都是我教的呢……來，大家鼓掌！」

潔寧先是遲疑了半晌，隨即舉起雙手萬歲，發出真心誠意的「哇哦」！此時，分散在客餐廳裡的小孩一齊哄鬧起來。大家紛紛放下手邊的好玩東西，湊到柏莎身旁一窺究竟。

「她是語言學博士，」利馬夜決定隨便說些話，來掩飾極度的害臊，「會說六種語言。」

「嚴格說起來，我現在是博士後。但小朋友才不想管大人的無聊事情呢。小朋友只想吃喝玩樂拉撒睡，對不對呀？」

柏莎敲開第一個行李箱，喀啦，倒出一堆零食和玩具。

「來，人人有獎！大家幫我把這些東西搬到電視前面！」

「女士，請收下這頂漂亮的帽子。」明達今天擔任「生日帽股長」。孩子王柏莎接過明達恭敬遞上的生日帽，將一臺類似彈珠臺的遊戲機高高頂在頭上——虧她能帶那東西上飛機——然後領著一批自願跟隨的孩子們，意氣風發地君臨客廳。

「兄弟，你阿姨真的很酷耶！」潔寧一手擱在利馬夜肩上，順道拍了一下。

「我就說吧！」利馬夜搔抓鼻頭，下唇必須用力，才不會笑得太得意。

「她會在這裡住很久嗎？」潔寧轉向終於抵達門口的行李駄夫，「一、二、三、四、五，五個行李箱耶，酷！社會課座談的時候，我們可以叫老師找她來！」

「社會課座談還要很久耶……我不知道她到時還在不在。」

雖說如此，利馬夜還是期待柏莎阿姨待的時間會跟行李數量成正比。

「哦阿夜，柏莎帶了花……」只見爸爸扶著大門喘息，「我想一下，花瓶應該是放在……」

「我知道放在哪裡。」

利馬夜將花束拎進廚房，站上墊腳椅凳，熟練地往花瓶裡裝水。

他聽見音樂聲響起了。小奉自願擔任今天的「ＤＪ股長」，她負責將所有與會者事先挑選的歌曲做成清單，並加入她大量的個人偏好，配合著慶生會的流程選曲播放，就像真正的ＤＪ那樣。

客廳那套豪華過頭的家庭劇院組，已經很久沒有扮演如此輕快的角色了。小奉來家裡玩的時候，總會很寶貝似地輕輕摸它。據說在利馬夜、小奉、潔寧、明達等人都還在幼稚園地板上打滾流口水的時候，在相關產業工作的小奉爸爸，推薦利馬夜爸爸買下了這組丹麥品牌的音響。小奉將它的規格倒背如流，全新的高音揚聲器，某某內圓頂，多少多少毫米的軟圓頂振膜……即使已經聽過許多次，利馬夜仍舊無法記住太多。世上怎會有人能對這種複雜的東西侃侃而談？而且他也很懷疑，小奉真的知道那些拗口的詞彙要怎麼寫嗎？

利馬夜目送纖細水柱墜進透明花瓶，在裡頭打轉上升。

音樂節奏和人群包覆著他的靈魂。他大多數最愛的朋友都來了，大大小小的禮物堆滿客廳一角。柏莎阿姨跟大家相處愉快，或者該說使慶生會的氣氛飆出新高點。

爸爸坐進沙發啜飲啤酒，神態有些疲倦，但還是很給面子，陪利馬夜的朋友們打著電動——一切近乎美好。

利馬夜幾乎停止不安了。等到蛋糕出現，生日快樂歌唱了，願望也都許完，他就可以放心地「呼」一聲，進入「十歲」的世界了。

一道光線自雲後鑽出，觸碰利馬夜的臉。這使他暫時分心，看向窗外那塊停車用的沙地。近晚的太陽晒得整個世界金燦燦的，好似已趕走所有瑕疵。屋旁的成排盆栽，通往市鎮的門前陡坡，路上那輛正朝此處開來的紅色寶馬，都好像是遊戲世界裡發揮功用的小小擺設，兀自發揮著作用。

利馬夜接著發現，紅色寶馬的車頭一歪，鑽進他家庭院，在快撞上爸爸的休旅車時猛然煞住。他心中浮現無由的簡短念頭，覺得是母親回來了。神奇的是，事情真是如此。

他的母親離開副駕駛座，接著**使勁摔上車門**，對著車內的人怒吼起來——

這個部分，利馬夜不太明白。

艾納．利馬繞行到紅色寶馬前頭，隔著引擎蓋和擋風玻璃，指著車內大聲痛罵。接著一個男人下車，背對此處而看不見面容。男人拉住他母親的手，發言同樣激動……利馬夜傻住了。他感到相當奇怪。在視覺上，這是震耳欲聾的畫面，但在距離及屋內歡樂音樂的減益之下，那兩人的吼叫聲，卻成了忽隱忽現的遙遠雜音。

屋裡的人都沒聽見嗎？那個男人又是誰呢？

忽然間，利馬夜意識到一個諷刺的事實：客廳那組音響，又一次地掩蓋過了吵架聲。

「喂！我發現你阿姨眼睛的顏色跟你不一樣耶！」

利馬夜倒抽一口氣，轉過身子擋在窗前。

潔寧站在那兒，顯得有些疑惑：「阿夜？」

「什麼？」

「你水龍頭沒關。」

「……哦。」

利馬夜用力按下水龍頭，早裝滿水的花瓶微微一震，撞擊水槽邊緣。

「你說……我阿姨的眼睛，怎樣？」

「哦哦哦！」潔寧一手抓著整把餅乾，在空中揮了幾下，「你阿姨的眼睛是綠綠的！」

「聽說我外婆有一半的東歐血統。」利馬夜將花瓶的水倒掉一些，斜剪花莖尾端後插進瓶內，過程中努力克制著不要偷瞄窗外。

「對了，那個……你幫我數好人數了沒？」

潔寧是今天的「人數股長」。

「有啊，我數了，」潔寧張大嘴，將餅乾全數塞入，「連茉時老大都來了哦，很神奇吧？這一定是我的功勞，我最近每次見到她就邀請她一次。你必須好好感謝我。」

「你說小茉來了？是我們認識的那個茉時？」利馬夜跳下椅凳。

「廢話！很酷吧！她都兩個禮拜沒來學校了耶！」

「那她在哪？」利馬夜遠望著客廳，覺得清新的氣息席捲了一切事物。

「她說要參觀你房間，跑去樓上了。」

「啥？」

「然後我就，指了你的房間給她看。哈哈哈哈……」

「你在開玩笑嗎！我完全沒有整理耶……」

潔寧在爆笑中抱住利馬夜塞來的花瓶：「有什麼好緊張的啦？借茉時老大看一下你的真面目嘛……」

利馬夜搔抓著頭宣洩焦慮，跑過樓梯轉角之前，瞥見潔寧笑得癱軟，跌坐到椅凳上，賣力抖個不停。

6

利馬夜滿心擔憂。

自己的內褲有沒有收啊？還有那些畫壞的連環漫畫，有些劇情連他都覺得丟臉，要是被看到的話……潔寧這傢伙真的會把他害慘。不過小茉什麼時候來的呢？為什麼他沒看到？是在他分配餐點的時候嗎？或是在他看著窗外的時候……

利馬夜推開房門，諸多思緒姑且移向內心的深沉境界。

此際，大家暱稱為「小茉」的方茉時從窗邊回頭，感覺像嚇了一跳。在小茉剪影的邊緣上頭，淡色髮絲被緩緩下墜的太陽光給穿過，閃爍著銀光。

利馬夜暫時沒有說話。染著一身夕陽的小茉坐在那兒，他從來沒有久坐過的窗邊位置，放下了手中的素描本和筆，用他定義中「普通的眼睛」望著他。在背光中仍能看出，她兩邊嘴角浮出淺淺的梨渦。

「利馬夜，祝你生日快樂。」

稚嫩的聲線裡懷有冷靜，速度適中偏慢：**確實**是小茉沒錯。

利馬夜也不知道自己有什麼理由懷疑，但有短短的瞬間，他覺得小茉跟以前不太一樣。

「我還以為妳不會來了。」

利馬夜走上前去，坐到小茉身邊，共享巨大乾淨的窗。這是他們半個月來第一次見面。根據導師的說法，小茉之前到醫院住了一陣子。

「妳腸胃炎好了嗎？」

小茉又轉向外頭，將素描本塞到右邊，利馬夜看不見的那一側，小手拍了一下肚子：「好了。」

現在，他們都被編織成了緋紅夕照的其中一部分。

利馬夜知道，小茉總是帶著那本老舊的素描本，偶爾尋找四下無人的角落，偷偷打開畫點東西。小茉向來很警覺，每當有誰靠近，就神色自然地收起。

他會想在邀請函上畫連環漫畫，也是覺得小茉或許會感興趣。可惜這天他忘記問小茉，對他笨拙的漫畫有何感想。

從遙遠的未來回頭看，利馬夜是那樣努力替自己舉辦慶生會，卻終究沒有經歷祝福的一刻。他走上樓，坐在小茉身旁，若他們什麼都不說，他很可能會在安心之下產生睏意。

他太疲倦了，疲倦得連自己都無法察覺。

利馬夜原想鼓起勇氣問小茉到底在畫些什麼，卻被她身體的狀態給嚇了一跳。小茉觸碰腹部的左手腕纏著繃帶，捲起袖子的右臂有數條黑紅色刮痕，右邊嘴角腫腫的。

「妳的身體怎麼了？」

「這些嗎？」小茉擺動右臂，順道將袖子放下，蓋住怵目驚心的傷痕，「你沒有得過腸胃炎嗎？」

「沒有。」

「腸胃炎就會變成這樣。」

「但是……」

「我又從樓梯上跌下來了。」

「之前不是才剛跌過嗎？」

「嗯。我的平衡感真的很差。」小茉笑了笑，但利馬夜覺得糟透了。

「妳都沒有看『五人組』裡面的訊息。」

五人組的成員包括潔寧、小奉、明達、小茉，還有利馬夜。小茉跟小奉是一班，利馬夜跟潔寧是二班，然後明達是三班——他們五人在班級幹部訓練中感情變好，從此成了死黨。

潔寧最初提議將這個聊天群組取作「韶光區戰隊」，但以一比四的票數慘遭否決。不久後，小茉開始連番缺課，一下摔下樓梯骨折，一下重感冒，一下又是腸胃炎……直到現在，他們未定案的群組名稱，依然叫作「五人組」。

「抱歉，太久沒看訊息了。因為我每天都在睡覺。但是打麻醉，跟想像中不太一樣……」小茉就著夕陽，檢視包著繃帶的手掌，「以為可以一直睡、一直睡，會很幸福，結果起來感覺才過了一秒。」

「真的嗎？」

「閉上眼睛再睜開，手術就結束了。中間明明經過好幾個小時，感覺卻只有一下下。很奇怪吧？」

利馬夜思索：「很像時間被吃掉了。」

「嗯……有點像，」小茉說，「真希望可以一次麻痺到很久以後。」

「多久以後？」

「長大的時候？閉上眼睛然後打開，」她一邊照做，「我就已經是十年後的我了，跳過中間的所有時間。」

「妳想偷懶嗎？」利馬夜原意不在說笑，但小茉笑了。

「對啊，我想偷懶。反正人會變成怎樣，不是都能想像嗎？要是一醒來就變成老奶奶，那就好了。然後就閉上眼睛，安詳地死掉。」

「第一次聽到有人想變成老奶奶。如果什麼都沒有經歷到，這輩子還有什麼好玩的？」

「我也不知道。」小茉說。

又是一句蘊含兩種意涵的答覆，不過利馬夜不願去想。

利馬夜空間有限的腦袋瓜裡，已經塞滿了太多疑問。首先他不知道，這次小茉又是在哪道樓梯跌出這些傷疤。再者他也很意外，腸胃炎竟然要開刀？未免太可怕了。小茉真的沒有說錯嗎？可是再多問又有點蠢，他決定作罷。

兩人暫時沉默，望著房屋外面的沙地，以及馬路對面的「星星樹林」。

星星樹林是韶光區小孩很愛的遊樂場。它的形狀奇妙，南北向細到只須三分鐘就能穿越，東西向卻長長延伸，形成韶光區的中央切線，一路橫跨到隔壁區，以及隔壁隔壁區，直到碰觸北三區的邊界才告結束。明達、潔寧跟小茉家都位在「星星北」，小奉和利馬夜家則位在「星星南」。在韶光區東北側，有一條貫穿樹林的石板路，星星北的學生都會取道該處，前往南側的韶光小學。

利馬夜從來沒有踏入星星樹林。換個方式說，他經常穿越它前往星星北，但不曾離開石板路，深入林間。利馬夜聽潔寧說，小茉對星星樹林的地形瞭若指掌，他因而萌生興趣，想找時間一探究竟。畢竟，人怎麼可以對自家最中心的地帶毫無認識？

不過，近來行政區內接連發生好幾起貓狗失蹤事件，每條鄰近樹林的道路，都立起了警告標語，要求孩童盡可能保持距離。

「哦！這首是我選的歌。」

小茉看了一眼房門，笑容比方才的每一刻都更好看。

她隨著節拍，輕輕搖擺豆子般的臉蛋，天生嘴角微揚的脣向上推。

「這是什麼歌啊？」

「It's All Too Much～」小茉抓準進歌點，唱出首句歌詞兼歌名。

「我教你，等一下在這首歌最後的地方……」

她拉起利馬夜的手，在空中打節拍，示意他跟她一起唱：

Too～Much、Too～Much、Too～Much、Too～Much……

「真的會這樣唱嗎？」利馬夜感覺有些滑稽，但小茉看起來很開心。

「對。來，我們再練習一次哦，像這樣——」

「Too～Much、Too～Much、Too～Much……」

兩人又唱了更多更多遍，直到快沒氣才放聲大笑。

「哈哈哈哈……你知道我為什麼要挑這首歌嗎？」

小茉的左手仍拉著利馬夜，呼了一口氣靠向窗面：「裡面有一句歌詞，說『整個世界就是一顆生日蛋糕。那就拿一塊吧，但不要拿太多』。」

「很有趣。」利馬夜也向前靠著窗面，將鼻子壓得扁扁的，想像起世界變成生日蛋糕的模樣。這很切中今天的主題，而且是很有小茉風格的幽默感，不會太多，有點隱微，但是很好。

最重要的是，他很開心小茉跟他分享。

不過說到生日蛋糕，利馬夜突然想起一件事情。

「妳知道嗎？我媽說她今天要……」

說著，利馬夜將目光拋向樓下。

他房間的窗，剛好就在廚房窗戶的正上方。

短短一瞬，他曾希望庭院裡空無一人，但未能如願。那輛火紅的寶馬依舊停著，母親和陌生男人也還在原地。

他們還在那裡？

他們一直都在嗎？

全屋子的人都沒聽見？

利馬夜的心神茫然，再次沉浸於稍早在樓下有過的種種疑問。然後他又一次得出相同結論：是客廳的那組音響。客廳那組音響可以蓋過很多聲音，足以將此時客廳的歡愉，跟庭院裡的激動隔絕開來，並將他和小茉隔絕在這裡。

「那個人……」不知為何，小茉把聲音收起，是講悄悄話的音量。

在利馬夜恢復說話能力之前，陌生男人將他滿臉怒容的母親擁入懷中，低頭親吻她的耳朵。不只一次。很多次。母親先是使勁捶打男人的胸，暴躁地哭了一陣，接著鬆懈了肩頭的力道，仰頭回應男人的吻。

小茉輕抽一口氣。

利馬夜閉上眼睛，望著黑暗。

他抬起頭來，才發現夕陽已落至遠山的大片黑雲之中。除此之外，整個天空也布滿厚重的雲，不留空隙。

無聲的哆嗦竄過城鎮，一切瞬間就變了樣。

不，那些黑雲可能老早就在了，他只是遲遲沒有發現罷了。

「她說今天……會幫我做蛋糕。」

陌生男人開始撫觸他母親的胸部，母親閉上眼，將手往下探。

利馬夜失去了表情。

他無視在庭院扭身撫抱的兩名大人，充斥陌生感、有如假貨的大人，試圖隔空檢視那輛紅色寶馬，看看裡面是不是有他的蛋糕。**他的蛋糕**。

但當然，他什麼也看不見。他的視線再次回到遠山，象徵性地目送童年的落日。

披頭四的歌曲現在唱到最後了，他們說：

Too Much、Too Much、Too Much、Too Much、Too Much……

披頭四重複著：

Too Much、Too Much、Too Much、Too Much、Too Much……

利馬夜跟小茉都沒有跟著唱。

剛剛曾經令人激動的事情，現在不再好玩了。

「利馬夜……」

利馬夜突然發現，小茉的手非常冰冷。

為什麼這樣？小茉臉上早就沒了笑容，跟他一樣，但也不一樣——小茉雙眼圓睜，恐懼激揚，幾乎就要造成聲響。為什麼？她緊捉著利馬夜，身體傳來微弱的震顫。極端的惶恐和異樣感，自大腦側邊敲擊利馬夜。他真的很努力了，他仍處於生命無情的驚愕之中，但他稍微回過神來了。他意識到小茉很不對勁。

「利馬夜，那是什麼……」小茉眨下一顆淚珠，碎在看不見的地方。

為什麼會這樣？

短短幾秒之間，籠罩著小茉的那股寒意，不論來自何方，如今也抵達了利馬夜的內心，不敲門也不敲窗，靜默地向內滲透。他感覺體溫好似瞬間下降五度，或者更多。現在他的手跟小茉一樣冰冷，彷彿他們在靜止的瞬間一同死去。

利馬夜稍稍僵硬地，望向他們稍早欣賞過的星星樹林。事情很奇怪，真的很奇怪，因為那塊樹林就好像……擴張了好幾倍，從細長橫條狀緩慢變粗，成為一片大森林，蓋過了原先還在附近的街坊與道路。

沒有城鎮、道路、人群，什麼都沒有，包括音樂。

有的只是那片森林。

這有可能嗎？

視所能及的遠方響起悶黏雷聲，自遠而近，越來越近，專為他們飛速前來。接著，一道巨大的銀亮雷擊憑空迸發，向下擊中星星樹林。若有機會細想，利馬夜其實很希望那道雷可以劈在他們家庭院的小沙地上。但他過載的心思，顯然已經欠缺餘裕。

黝黑的星星樹林——如今已成星星森林——在電光下耀亮，沐浴短暫的鎂光燈，顯露出了內部的那個東西：**一棟房子**。

森林以視所能見的速度飛快改變形狀，彷彿具有生命。星星森林從**那棟房子**出發，逐漸往兩旁拉開一條道路，最終抵達了利馬家樓下的小沙地前。

一條直達目的地的道路。

連番巨雷朝四面八方劈開，震撼整個行政區。事後根據韶光區居民的證詞，雷聲「至少連續響了一兩分鐘，閃電閃得像世界末日，大家都嚇得半死」。

高亢得不正常的雷擊步步進逼，贏過了客廳那組音響，撞擊在利馬夜跟小茉的耳膜上，撞進了腦袋深處、靈魂深處，有如在為他們的命運刻寫註解，上牢枷鎖。

柏莎阿姨常說：沒人能算出上蒼的牌。

在利馬夜滿十歲這天，上蒼從袋底將世界的真相掏給他們細看。他們還來不及意識到，世界就應聲遽變。這是慷慨，也是剝奪。它看起來不像是其他任何地方，甚至幾與原先受到蒙蔽的版本如出一轍，卻呈露出了原先不可能見到的細節，萬般殘忍，且不留情面。

7

當時的景象，利馬夜永生難忘——這句話顯然不成立。

一個月後，利馬夜坐在韶光區警局空氣凝滯的小房間，被警察問過一個又一個問題，他眼神空洞，腦袋裡裝著死寂的空白。

警察問他：你記得發生了什麼事情？

利馬夜低頭喃念，前後搖晃身體。

警察又問：你記得自己是怎麼失去意識的嗎？

利馬夜前後搖晃身體。

你沒看到警示牌嗎？進去星星樹林做什麼？又為什麼會跑到隔壁兩個區去？利馬夜前後搖晃身體。有人看到你跟方茉時小朋友走在一起，她是你的同學？你知道她在哪裡嗎？利馬夜加速低喃，擺晃得更加劇烈。

一旁的心理師上前阻止，謹慎緩慢地，蹲到利馬夜身旁。心理師輕握住利馬夜的手，語氣和緩：阿夜，小茉跑去哪裡了，你知道嗎？利馬夜的喃念大聲了些，警察和心理師將耳朵靠得更近。

阿夜，你可以再說大聲一點嗎？

小茉跑去哪裡了呢？

「整個世界就是一顆生日蛋糕……」

什麼？阿夜，可以再說清楚一點嗎？

「整個世界就是一顆生日蛋糕……整個世界就是一顆生日蛋糕……整個世界就是一顆生日蛋糕……」

利馬夜猛烈震顫，聲線飄忽並升起嗚咽。

小茉在哪裡呢？

「整個世界就是一顆生日蛋糕……整個世界就是一顆生日蛋糕……整個世界就是一顆生日蛋糕……整個世界就是一顆生日蛋糕……整個世界就是一顆生日蛋糕……整個世界就是一顆生日蛋糕……」

利馬夜瞪眼仰頭，頸上拉出多條浮筋，抖著下唇吸入長長一口氣，然後憋著。他的腦裡充斥著那日無窮無盡的殘酷雷聲。他想說出答案，但他不行。他知道一切錯誤，是從十歲慶生會那天開始，但他的意識像被放在岩石上用力刷洗，他知道答案但答案正漸漸流失。他明明可以想起來的他明明可以想起來的他明明可以想起來的再不快點的話小茉就要——

利馬夜的淡紫色瞳孔一個上旋，下顎重重落下，從喉頭深處，釋放出淒厲的尖叫。

星星北、星星南

〔二〇二九年〕

1

利馬夜的第一聲叫喊最為悲戚，長得叫人生懼。

一時之間，整座韶光警局暫時凍結，包括所有警員、民眾、一名正在等候訊問的偷竊現行犯，以及屋頂那隻進入警戒狀態的領角鴞。正當以為事情過去了，利馬夜沙啞的嘶喊緊接著響徹四方，未息復起。

人在警局目睹這一切的「冷王」潔寧，當下就好比被利刃硬劃開身體，接著一陣狂亂刺捅。往後他經常夢見同一段情景。而老邁的他從一張柔軟的床，斜望著亞得里亞海乾燥的斜陽，將是他事隔多年最後一次想起這晚。那撕心裂肺、迷失自我的嘶喊，令他成為一名懂得心痛的孩童、一位偶爾沉思不語的忠實朋友、一個藏裝失控祕密的樹洞。此事潔寧從未忘懷，從未對任何人提及，包括利馬夜在內，或說，尤其是利馬夜。

眾警察奔向訊問間的小門，門開了，潔寧得以窺見自己最好的朋友利馬夜，被大人手忙腳亂地壓制在地，四肢不尋常地扭曲擺動，脖子以上脹紅發汗且帶點紫色，喉嚨深處持續攪動著破裂的吼聲：

呃啊——！呃啊——！呃啊——!!呃啊——!!

潔寧面壁蹲下，身體倚著木頭長椅，一手抓緊牆上給嫌犯用的手銬鐵管，藉以逃避那個空間，以及他們將利馬夜五花大綁扛去醫院的過程。他的眼眶浸泡著淚，長椅底下的厚重積塵變得模糊。潔寧深深覺得這應該是場惡夢，他當晚也確實做了惡夢，足以令他明白，這一切都是鐵錚錚的事實。

2

潔寧從二年級就跟利馬夜同班了。等到三年級，兩人又分到同個班級，一切就像命運安排。

套句大人的話，韶光是個小地方，大家全都彼此認識；孩子們是同學，爸媽們是同學，爺爺奶奶們也都曾是同學。確實如此。

大家在學校裡，總會跟一些住附近但不熟的人打招呼。有人的妹妹跟有人的哥哥談戀愛，有人的弟弟跟另一些人的弟弟是同班同學，然後左右鄰居的孩子，也都在附近班級。大部分人會上同一所小學、同一所中學，甚至同一所高中。韶光就是這麼樣一塊地方。山和森林環抱著小城，將他們所有人擁在懷中。內聚的力道相當強，足以將親密揉捏成形，也將醜惡緊密聚攏。

在五人組裡，潔寧最常跑到利馬家做客——雖然小奉最近漸有追上的跡象。潔寧更自詡是最了解利馬夜的人，比如他很清楚，利馬夜沒說，但幾近憎恨著被稱作「外國人」，其實對「混血兒」一詞也有些感冒，但處於半接受的無奈狀態。

潔寧也知道，利馬夜其實經常一個人看守那棟漂亮的家，獨自晚餐、獨自早餐。這是為何他總堅持要去利馬家打電動。薩爾達傳說當然很有冒險的神祕感，任天堂大亂鬥也很刺激，但老實說，潔寧沒有狂熱到那種地步。真要說起來，他還更愛窩在圖書館看些《原來宇宙是這樣子啊！》、《物理學了沒》那類叢書。

對於利馬夜偶爾流洩的陰沉眼神，他實在於心不忍。

潔寧在書上讀到，喜鵲是少數通過鏡子測試的動物，能理解映照在鏡子裡的身影是自己，不是其他同類。韶光區常有喜鵲出沒。這種鳥兒體型巨大，雙翼下排的白色尖羽在飛翔時如扇開展，看過一次就不會忘。最美麗之處，則是收起翅膀時身側的那抹亮藍。

潔寧有次慫恿利馬夜帶著鏡子，一起去測試喜鵲的反應。可惜他們不得章法，最後只把鳥兒嚇到樹頂待著，一躲就躲到天黑。

在埋伏的過程中，潔寧發現利馬夜在端詳鏡面，嚴肅的眼眸透露森森敵意。那使潔寧想起另一件事，同樣是從書裡讀到的：在通過鏡子測試的動物當中，唯獨人類會對自己皺起眉頭。

潔寧不了解利馬夜心深處的愁思，但可以隔著空氣感受到痛苦的竄動。或許因為這樣，他才會想把小茉、小奉、明達也全都拉在一塊。人多好辦事、團結力量大，或者說簡單點，大家都是同一隊的，感覺起來總是會比較好一點。

3

「潔寧，潔寧？你有聽到我們說話嗎？」

潔寧發現，現在換他坐在警局小房間的椅子上了。桌子對面這名肅穆的男人，就是剛剛疑似把利馬夜搞瘋的警察。旁邊那位被稱作「心理師」的阿姨，從最初就不斷安慰著他。而他自己的母親則坐在一旁，時不時打斷任何人以至於她自己的發言，提出「應該只是孩子愛玩，說不定等一下就會跑回家」之類的天真言論。

簡單來說，潔寧還待在這場惡夢裡頭。

他有些呆滯：「你剛剛說什麼……？」

「你今天離開學校之後，有再碰到利馬夜或方茉時嗎？」

✢

潔寧從自己位在二樓的房間，降下體育課所製作的繩梯，阿夜幫忙扶著，讓小茉先爬上來。潔寧伸長手，在最後階段拉了小茉一把，也是這時候，他看見小茉那張花臉。他很確定小茉的鼻梁平常沒有歪向一旁，至少不該長成這樣，鼻孔和嘴角也不該有血。他想幫忙扶好小茉，而小茉向前一步，抱著他哭了起來。

在阿夜被接去哥倫比亞住的那段時間，小茉曾是潔寧在星星北最好的玩伴。她經常帶他去星星樹林冒險，還畫了一張很有個人風格的地圖，藏在學校的倉庫，供所有小孩取用。

潔寧怕蛇，所以小茉教他如何辨別毒蛇，以及被蛇攻擊時可以怎麼運用樹枝。潔寧怕鬼，小茉則經常半夜在外頭亂晃，偶爾拿石頭來丟他的窗戶。在韶光區，他沒碰過第二個這樣的女生。在很多層面上，小茉都比他們所有人勇敢許多。所以，當小茉抱著他的脖子大哭，潔寧馬上了解到事態有多嚴重。

✢

「我們五人組說好，今天晚上八點一起看電影……」

潔寧答非所問，內心糾結著應該坦承多少。

「嗯……在哪裡看？」警察問。

「小奉家。她家的電視很像電影院。」

「老于的女兒于奉羽，」警察在電腦上沙沙打字，「嗯，然後呢？大家都去了嗎？包括利馬夜跟方茉時？」

潔寧望著那十隻飛快的手指，以及螢幕上的檔案。自己所說的話，被警察簡化成簡短字句，標楷體，填在制式的文件檔裡頭。潔寧意識到這是他有生第一次踏進警局，可是無論是屋內簡陋的擺設、淡淡的霉味，還有最重要的警察，都跟他想像中差距甚遠。

潔寧認得這位警察，他會出現在韶光小學校門口簽巡邏箱，潔寧經常偷瞄他的無線電、警棍和配槍。但是此刻也是同一個人，專注盯著電腦上用不慣的輸入法，聲音平板無波，神采疲倦，好像只要幾分鐘不對他說話，他就會開始打呼。

在潔寧的未來職業清單中，「正義化身」曾是前二十名裡唯一跟科學工作無關的選項。在這場童年危機之中，潔寧隱約感覺那份憧憬正在遠離，隨著外頭誰也沒有特別注意的振翅聲，隨著漸漸濃烈的雨水氣味，失去原有的可能性。

他意識到超級英雄電影中輕盈飛起、帥氣落地的那些角色，逐漸扁平成紙面上的黑白印記，由不可靠大人所組成的現實世界，漸漸膨脹成立體，逼近鼻前。

這是潔寧第一次發現，他們不一定會被完善地保護，或者拯救。

「我沒去小奎家。」

潔寧根本就忘了有那個約定。

「兄弟，現在是怎樣？」

潔寧動作謹慎，讓小茉坐到床上。小茉一放開他的頸子，就即刻停止哭泣。太快了。她用手背輪流壓平淌過花亂傷口的眼淚，感覺就像驅使暴力，關上了悲傷的閘門。

阿夜從窗戶爬進房內，臉色前所未見地凝重：

「小茉可以先待在你家嗎？」

「這些……」潔寧飛速抽出五張衛生紙，遞向小茉，「是誰弄的？」

「我繼父。」小茉已經恢復平時的平淡嗓音了。潔寧覺得這樣很不好，至少他知道，這個答案使他害怕極了，阿夜明顯也很不知所措。而小茉，傷得比剛出院時還重的小茉，再怎樣也不該是這個房裡最冷靜的人。

潔寧寧願她像剛剛那樣哭泣，但他無法精準表達這個想法。再說，緊接而來的一切，實在混亂得超乎現實。

「潔潔——？」樓下傳來叫喊。

「完了！我媽在叫我！」

潔寧對兩人比了個「噓」，稍微拉開房門，對著外頭喊道：

「幹麼啦！」

「小茉爸爸來了！你有沒有看到小茉？」

一瞬之間，潔寧有些暈眩。如果他們現在是在看什麼恐怖片，他一定會毫不猶豫張嘴大叫。但他不行。尤其當他媽媽在樓下多餘地提議「你要不要上樓去問一下我兒子」時，他的胸口簡直涼到極點，令他氣息不順，吐不出也吞不下。

「我沒看到她啊！我們大家約好等一下要去小奉家看電影！不要吵我，我在寫作業——！」

潔寧摔上房門，鎖上後轉身抵著，跟另外兩雙發顫的溼潤目光無聲相覷。

然後，他做了一個決定。

一個讓他後悔終生的決定。

「我知道了。我負責去樓下拖住妳爸。阿夜，你陪小茉趕快逃……」

小茉的眼淚掉下。她的神情依然僵硬，比起其他兩個男孩，都更找不到恐懼。

可是眼淚掉了下來。潔寧紅著鼻子伸出手，他自己也不曉得為何，總之他將手伸向前，小茉抓住了，阿夜也跟著握住。他們三人，在沒開燈的房間裡緊握著手。他們都聽得見，曾經確鑿不變的天真時光，正隨著轟隆聲響向內塌縮。

潔寧接著頭也不回地奔向樓下，連「再見」或「要小心」都沒講。他認真覺得，只要先度過眼前的危機，剩下的之後再說就好。可是他並不知道，當之後終於來到，竟是那麼異於所想。

✢

「你為什麼沒去小奉家？」警察問。

「那時候，小茉爸爸特地跑來我們家找人，」潔寧的媽媽代為答覆，「我們都沒看到小茉，小茉爸爸就走掉了……我們潔寧還跑下來想看熱鬧呢！我就要他先待在家裡再說。誰知道小茉沒找到，連阿夜都出事……陳太太不是說，有看到小茉跟阿夜走在一起嗎？利馬家在星星南，小奉家也在星星南。照理說阿夜要去看電影，隔壁沒走多遠就到了，怎麼會跑來我們星星北？你們有沒有問他爸媽？」

「利馬夜的爸爸人在國外出差，媽媽找不到人。」

「唉唷好可憐……阿夜又被丟在家裡了啦！我跟你們說……他爸媽真的很不負責任，住在星星南的那些人都說——」

「媽！」潔寧大喊。

「媽媽又沒有亂講！」

「那跟這個又沒關係！」潔寧站起來，胸膛大大起伏。

「潔寧，潔寧，你看著我……」那個態度很溫柔的阿姨，輕輕拍著潔寧的背，「沒關係的。會沒事的。」

會沒事？潔寧才不這麼覺得。

小茉自從媽媽過世之後，三天兩頭就大傷小傷，她剛上國中的姐姐菀宜也是一樣。阿夜的爸爸不回家、媽媽也不回家，所以阿夜一天到晚跑去電光烘焙行，坐在那裡發呆。小奉背誦了家裡所有名貴物品的規格，發現只有媽媽出席運動會後，就直接離開學校，事隔三天才回家。明達總得藉故推掉校外教學之類的花錢活動，然後被人指指點點「捲款潛逃那對夫婦的小孩」。這個號稱全首都最多知識分子居住的美好小城，在潔寧看來，只有一堆亂七八糟的大人。而他們總是只會把事情越搞越糟，越搞越糟……

「是小茉的爸爸。」潔寧盯著桌面。

「什麼？」警察停止打字，首次轉向了他。

「是小茉的爸爸！他——」潔寧鼓起勇氣將話語推出喉頭，他努力了。

「抱歉！那個，我是方茉時的爸爸！」

潔寧的雙唇分開，傻傻看著那男人闖進房間。

對潔寧而言，這張臉是陌生的。小茉很少談起自己的家，不論去到哪裡，總是獨自一人。沒有人接小茉上下學，沒有人幫她做便當，沒有人來運動會看她，沒有人幫她簽校外教學的同意書。利馬夜在緊急連絡人的格子裡填了柏莎阿姨的電話，小茉則在親屬欄裡以斗大的字眼寫道「父母雙亡」，被導師叫去罵了一頓。潔寧總覺得，小茉稍早在他房間裡那句「我繼父」，是她第一次主動談起這個人。

「你們知道茉時在哪裡嗎？還有我大女兒也不見了！」

男人神色慌忙，邊喘著氣，彷彿剛奔過一段漫長距離。

「你為什麼現在才出現！我們打你電話多久了你知道嗎？」警察站起，迎向方茉時的父親。隔著警察的肩頭，方茉時的繼父看了這邊一眼。

潔寧的兩個腳掌，在色彩繽紛的球鞋裡發寒。

但等等，他說什麼？

小茉的姐姐也不見了⋯⋯

菀宜也逃走了嗎？她沒事嗎？

「我剛剛在朋友家裡聚餐，那邊收訊不太好⋯⋯」方茉時的繼父說。

說謊。

潔寧真想大聲說出來。

「潔潔，」潔寧媽媽拉起他的手，用雙手握了幾下，「我們回家了好不好？剩下的交給大人去處理。」

潔寧呆立著。若能選擇逃跑，或是跟這個男人共處一室，他當然要逃。

但是⋯⋯

方茉時的繼父急切地湊到桌前，身體探向潔寧，直盯著他：「你們還是沒看到茉時嗎？那菀宜呢？我聽說菀宜今天翹課沒去上學……」

潔寧退到媽媽身邊，背上豎起寒毛。他感受得到說謊者的一絲狡黠，彷彿很想剝開他的小腦袋，檢查他到底知情幾分。

迷惘如一道氣流，無聲掃過潔寧的心。明明有這麼多大人在場，他們也身在應該是最安全的警察局裡，他卻覺得雙腳懸空，被拖進恐慌的折磨之中。

「我聽說利馬夜人在醫院，他還好嗎？」

方茉時的繼父仍盯著潔寧，嗓音洋溢關心與不捨。

萬一，只是萬一。

如果小茉……已經被眼前這個人給殺掉了呢？

潔寧覺得假使如此，那這個男人必定終將跑來殺死自己。對了，像是一些影集裡演的，這個人等等也會去醫院殺掉阿夜……拔掉呼吸面罩之類的，對不對？

一股說不出口的嘈雜直覺，在潔寧的腦中大摔碗盤。在這一刻，潔寧願意用他擁有的一切玩具、遊戲、書本，換得瞬間逃離這個房間的能力。

「我想回家。」潔寧投向媽媽懷中，顫抖的膝蓋再也撐不住身體。

「我覺得他累了。」媽媽說。
「潔寧，你放心，大家一定會把茉時找回來。」溫柔的女人拍拍潔寧的頭。
「拜託你們了！我大女兒升上國中就有點適應不良，最近情緒起伏很大，有時候還會打茉時……」
才不是這樣。
潔寧在媽媽懷中緊閉著眼。
「我真的很怕我大女兒是不是把茉時硬是帶出去了……」
才不是這樣！
「方先生，我們先旁邊填個資料，我一邊跟您說明狀況。」
「抱歉，我姓黎。」
他怎麼可以說這種謊？
菀宜對茉時最好了。潔寧不只一次想過，好想要有菀宜這種姐姐。如果菀宜跟小茉一起對警察說出真正發生的事，那這個人不就完蛋了嗎？
他怎麼能說這種謊？

他為什麼這麼有把握？

「你們看這孩子，平常都不給我牽了，今天卻抱這麼緊……唉。我先帶潔潔回家好了。」

直到再也看不見警局的燈火，潔寧都沒有放開媽媽，以及抬頭看向路上的任何人。他腦中的情緒盲區緩步擴張，如一張繭皮將他緊密包覆。

原本屈指可數的星點，被山巔捲下的溼潤水氣給糊開，但最終暗夜無星，沒換來雨水或其他什麼。星星只是消失了。

潔寧唯一的冀望是沉沉睡去，然後明天小茉跟菀宜就會回來，阿夜也會恢復平時的模樣。他寧願是自己誤會了這個世界。他會一笑置之，繼續看超級英雄電影，他們五人組又會一起聚在小奉家的客廳，睜一隻眼閉一隻眼地存活下去。

但潔寧後來只是做了個惡夢。

他夢到他們所有人都死了。

他自己、小奉、明達、阿夜，還有小茉，或許還包括菀宜。大人們將他們埋葬在星星樹林裡頭，說了一些悼念的話，然後各自回到漂亮的家，將他們遺忘殆盡。

4

隔天潔寧一到學校，書包沒放就跑去一班，發現小奉沒來。

根據一班同學所述，小奉媽媽在家長群組號召大家將孩子留在家裡，引發了一班的請假潮。

潔寧接著跑去三班，發現明達也沒來。連發高燒都堅持要到學校交作業的偏執狂明達，老是在說別人自制力不足、潛力也不足的明達，竟然會無故缺席？套句潔寧自己的口頭禪：這根本就不科學。三班的風紀股長也相當詫異，忍不住對著潔寧抱怨，明達這個班長沒來，害其他股長多了一堆事情得做。

潔寧對「五人組」的群組發出召集令：**代號三三**。這是他們五人的默契暗語，表示有大事發生，看到後必須馬上回應。但一個早上過去，別說答覆，根本沒半個人讀取訊息。

午餐時間，潔寧獨坐在操場的盪鞦韆上，五人平時集合的地點，心思就如遲遲沒有浮現「已讀」的對話框那般靜默。

利馬夜人在醫院，小茉行蹤不明，就連小奉和明達都不知道在做什麼。五人組的對話框好像他那個破洞的書包，所有人原本裝得好好的，卻不知不覺逐一掉到外頭。潔寧突然又有點想哭，於是甩了甩頭，使勁拍打自己的臉，嘗試喚醒自己的樂觀天性：一定會沒事的。

他們都會沒事的。

大家都是同一隊的。

會沒事的。

「韶光區這一帶，都是住一些有涵養的人，大家認識十幾二十年了，甚至更久……怎麼可能做出這種傷天害理的事情？」

潔寧循聲望去，發現小奉媽媽領著一批家長，跟校長、兩名轄區警員一同步出行政大樓，停在門口討論。小奉媽媽攔住警員，繼續發表看法：「至少在星星南，家家戶戶都是人品兼優，不是醫生就是教授，不是教授就是律師，不是律師就是上市上櫃公司的高階主管。」

整群家長紛紛出聲附和。

潔寧望著小奉媽媽那顆盤得美麗，彷彿可以直接走上紅毯的橘紅髮，出神想起自己有次戲稱那是「夫人頭」，卻講得太大聲，被小奉媽媽給聽見了。小奉媽媽顯然不悅，但佯裝無事，極力保持笑意，用溫柔嗓音要小奉快上車，要回家了。當時潔寧芒刺在背，小奉則一副被逗樂的模樣，腳步輕盈地道別，跳上那輛紅色寶馬。幸好那天阿夜跟明達都不在，只有茉時看見這一幕，不然他大概會被一路笑到學期末。

「你看我們家小奉爸爸跟阿夜爸爸，從小就在韶光區長大，結婚了也繼續在這邊置產，就是因為這一帶治安好、人文素養高，不像臺北的其他區，會有亂七八糟的青少年，整天在那裡惹事。你們年輕警員可能不知道，你們局長跟小奉爸爸其實也很熟的耶！去問問局長，這邊怎麼可能會住壞人？」

小奉媽媽穿著寶藍色的削肩洋裝，一雙白色極細根鞋，在衣著方面很是優雅。不過，或許潔寧從平時就太常觀察她了，因而能發現她有些地方不太一樣。好比說她臉上的妝，還是有，卻淡了許多。而她從來沒戴東西的無名指上，則套著一只巨大鑽戒，每當她舞動手掌就閃閃發亮，彷彿深海鮟鱇魚的那顆燈。

「其實我們今天來學校確認，只是想求個保險。兒童綁架、性侵這類案件，有一定機率是熟人犯案。」警員接著拎起腰間的對講機，低聲回了兩句。

「反正我就是覺得，一定是外面一些阿里不達的人混進來了。」小奉媽媽環視家長群，「所以我今天再怎麼樣都不讓小奉來上學。網路先切掉，手機也換成沒有網路的ＳＩＭ卡，以免她的朋友愛玩找她，大家都跑出去亂晃，等等出了事怎麼辦？」

原來如此，小奉不是沒讀到訊息，而是收不到訊息。

夫人頭的控制手段相當了得。潔寧完全可以想像，等小奉解禁之後，會用多崩潰的表情跟大家抱怨。

「小奉媽媽，我們就先交給警方去辦，一定很快就能找到茉時……」校長推高眼鏡，用手巾擦了兩下鬢角，「我了解各位家長會擔心，但學校這邊已經有加派人力，會好好照顧小朋友的安全……」

校長大概是想說服大家別把小孩關在家裡，但家長們不理會。潔寧默默寄予同情。這傢伙在學校老被學生騎到頭上，當然也就壓不住這群擔心破表的家長。更何況，還是「家長會長」夫人頭所帶領的家長團。

「我聽說那家外國人的小孩整個發狂，被送去醫院……」

「而且到現在還找不到他的爸媽，好誇張⋯⋯」

「我們剛剛有聯絡到他的阿姨，她說會趕過來。」警員說。

潔寧心頭一驚。

這麼說來，阿夜直到現在，都是一個人躺在醫院裡嗎？

警員將名片遞給校長，剩餘的名片馬上被搶奪一空。

「麻煩各位家長回家問一下小朋友，如果有人知道昨天晚上方茉時跟利馬夜為什麼會見面、去了哪裡，請馬上通知我們。」

「我們家的哥哥讀韶光國中，剛好跟方茉時的姐姐同班哦！聽說她今天還是沒去上學⋯⋯」

「一家姐妹同時失蹤嗎⋯⋯」

「關於案情，我們不能透露太多。」

「你們總要給大家一個解釋呀！不然我們怎麼敢繼續送小孩來學校！那個混血兒是在隔壁隔壁區被發現的耶？小孩子怎麼有辦法自己跑到那麼遠的地方去？一定是被綁架的啊！」

「會不會跟這陣子貓狗失蹤有關哪？」

「唉唷，陳爸爸你不要亂講，這樣很恐怖！」

「可是我們家咪咪到現在都沒找到……」

「我們家旺福也不見了。牠是一隻匈牙利牧羊犬，大家都很愛叫牠『拖把』，明明超級好認，卻完全找不回來。」

其他人紛紛點頭。

「我明明把旺福留在家裡，結果下班回來就不見了！我前幾天一直打去動保局跟環保署，有電話的我都打了……」

「現在連小孩都不見了，叫我們怎麼放心！」陳爸爸提高音量。

「貓狗失蹤跟這次小孩走失不一定有關，就請各位家長不要過度聯想。」

「小孩都起笑了還『走失』！」

「從發現受傷的小朋友到現在，其實也還不滿二十四小時。方茉時小朋友說不定只是迷路了，或被熟人接走了，這些都有可能，我們會繼續調查……」

「那方茉時的爸媽呢？你們有聯絡到嗎？」

「方茉時的媽媽生病，去年底走了。現在是繼父一個人養兩個女兒……」陳爸爸嘗試用氣音講話，但音量還是很大，「他們住在星星北靠山那邊的房子，幾乎已經不算是韶光區了啦……有點偏僻。」

「而且方茉時不是很常生病請假嗎？身體好像有點差。」

「大家聽我說，」小奉媽媽向其他家長舉起手機，「我今天已經發文號召韶光區的家長，分成白天跟晚上時段，總共三隊輪流，在星星南、星星北，還有星星樹林一起找人。我覺得與其窮擔心，不如趕快去把小孩找回來。麻煩現在有空的人，直接先來跟我登記……」

接著就是一陣沒完沒了的七嘴八舌，聽得潔寧頭疼。

在午休結束的鐘聲之後，韶光小學的全校廣播響起，宣布今日下午停課。

至此，潔寧終於明白這一大批家長一直站在這裡幹麼了。除了跟轄區警員逼問案情，他們從一開始就打算把小孩給帶回家。

全部帶回家。

5

孩童失蹤案 韶光區人心惶惶

本月十日發生在臺北市韶光區的孩童失蹤案件，至今已屆半個月。方姓女童（9）當晚與男同學一同外出，疑似闖入杳無人煙的樹林區域，自此失去蹤影。該名男童（10）隨後被人發現，倒在兩個行政區外的樹林邊緣（見下方地圖），目前仍在住院，精神狀態不穩定，有譫妄症狀。

該區家長曾自行發起數次大規模搜索，然尋人無果。曾經停課數日的韶光小學，目前已恢復正常上下學，但家長孩童無不人心惶惶。該地區近山僻靜，向來治安良好，唯監視器數量不足，警方查案目前陷入膠著。

無獨有偶，方姓女童的姐姐（13）亦在同一晚人間蒸發。兩名女童之繼父黎某為科技業主管，經濟能力優渥，為人和善有禮，在妻子過世後獨力撫養兩女。事發當晚，黎某在友人家中作客，直到深夜返家發現有異，才急忙趕赴警局。根據黎某說法，家中大女兒升上國中後似有適應不良症，近期情緒起伏較大，甚至有自傷、傷人等情形（其班上同學也證實曾看過其多處傷口），為此案增添許多想像空間。

22:00 更新

目前男童已經恢復意識，警方將進一步釐清案情。

6

潔寧按了門鈴。

站在熟悉的門前，他感到相當徬徨。現在他所擁有，與利馬夜相關的最新記憶，無非是出事那晚的駭人尖叫，以及後來一整段時間的「ㄓㄢ ㄨㄤ ˋ」症狀。老實說，潔寧根本不會寫那兩個字，但利馬夜的表現，已能完全填補他對這個詞彙的認識。

某個傍晚，利馬夜如胎兒蜷曲在病床上，睜開眼時竟以為這是哥倫比亞的早晨，而潔寧坐飛機來看他了！利馬夜興興奮奮地講起西班牙語，滔滔不絕、毫無間斷，長達十多分鐘。人也在一旁的柏莎阿姨要潔寧別慌張，阿夜只是在介紹她哥倫比亞的那間舊房子。柏莎阿姨接著說明，利馬夜正處在某種難以解釋的混亂狀態，偶爾會陷入極度的恐慌，偶爾失神，也曾產生幻覺，偶爾會回到過去。

就讓他用這種方式好好休息吧，柏莎說。

在那個魔幻的黃昏時刻，潔寧和柏莎一同聆聽病房裡稚幼聲線的西班牙語（利馬夜連聲調都變了，因為他全心相信自己還是六歲），在利馬夜急於尋求反應時就點點頭，順便加個乾笑。

利馬夜拉著潔寧的手說了好久，而潔寧的感受相當複雜，畢竟他從沒看過利馬夜這麼神采奕奕、天真快樂。接著他也很快發現之中的合理性，因為在六歲的某一刻，所有傷害阿夜的事情，全都還沒有浮上檯面。

潔寧又按了一次門鈴。

他望向房屋右邊的小沙地，利馬爸爸的車不在。其實利馬爸爸根本就不姓利馬，因為阿夜繼承了媽媽艾納的姓氏。聽說利馬家的人不論男女，未來生下的小孩都得姓利馬，這是利馬家長久流傳的家規。利馬爸爸明明不姓利馬，在這個小城出生，且也在這度過了人生的大半時光，結婚後大家卻都稱呼這裡為「利馬家」。利馬爸爸彷彿被吸進了「利馬」的世界，從此附屬在那張大傘之下。

再想想，小茉媽媽家取名的不成文規矩，則是所有人的名字都要有「艸」字頭。利馬家的小孩傳承著「利馬」這個姓氏，小茉家的小孩則傳承著「艸」字頭的名號。

潔寧經常受到異於平常的做法所吸引，就像他媽媽給他取了個世間覺得「很女孩」的名字，他卻覺得這只是「他自己」的名字，容不得別人說三道四。再說，他畢竟是從媽媽肚子裡生出來的，讓媽媽決定多一點事情，感覺沒有什麼不對。只要她能趕快改掉在同學面前叫他「潔潔」的習慣就行了。

潔寧決定再按一次門鈴。

但轉回正面時，門已經開了。是利馬夜。

潔寧思索了一會。

他以為很短暫，其實整整愣了三秒：

「……Hola？」

「嗨。」利馬夜說。

「呃……兄弟？我是，呃……」

利馬夜噗哧一聲。

「白痴潔寧，你是想對我自我介紹嗎？」

潔寧以手掌按住心臟，撐著門框長呼一口氣。

「哦，兄弟，嗯，你看起來……」

「很正常？」

「呃，對啦。當然你一直都很正常……嘿，六七乘以六七是多少？」

「二三四五。」

「是四四八九。好……呃，我妹叫什麼名字？」

「你沒有妹妹，只有兩個弟弟。」

「柏莎阿姨帶了幾個行李箱來？」

「五。」

「我最喜歡的衣服是？」

「角落生物髒衣服。」

潔寧對這個答案頗有微詞，但決定先算了。

「你偷偷暗戀的人是誰？」

「別想套我的話。」利馬夜挑眉，單手插腰。

潔寧笑著伸出手，跟利馬夜來了一回兄弟擊拳，在互撞胸口後擁抱彼此。擁抱之際，潔寧的整張臉用力皺起，像顆梅乾似的，但他很快換回平時直爽不羈的傻笑，因為知道有其必要。

利馬夜領著潔寧上樓。經過客廳時，潔寧意外發現艾納．利馬竟然在家。他去醫院探望過利馬夜幾次，每次柏莎都在，每次艾納都不在。

潔寧總覺得自從慶生會過後，他就再也沒見過利馬夫妻的任何一位了。有時他甚至會想，乾脆讓柏莎帶利馬夜回去哥倫比亞，搞不好會更妥當。但這有個致命的缺點：他會再也見不到自己的好朋友。潔寧可不願如此。

艾納身著一襲家居白色長裙，兩腳縮起，斜躺在長沙發的一角，令潔寧想起病床上幼體化的利馬夜。潔寧經過時，艾納對他展露虛弱笑容，纖細的手掌左右揮動。「阿姨好。」他說。

此時柏莎自廚房走出，托盤上裝著茶壺、茶杯和小點心，她朗聲叫喚潔寧，順手拔掉潔寧的鴨舌帽，戴到自己頭上。柏莎對兩個小孩啵啵飛吻，笑著走向艾納。

在這個過程中，利馬夜自顧自轉身上樓。潔寧只得盡快跟上。

「我很開心你好起來了。」潔寧說。

兩人一起平躺在房間地板上，利馬夜拉了顆枕頭來，好讓他們都能看見窗外的天空。

「你安啦，醫生說我的身體很好。」利馬夜說。

「那你那天……」

「我不知道。」利馬夜將手枕在頭後，雙人枕頭的那側更沉了一些，「每次回想就頭痛。」

「好吧，我不問了。你應該已經被問到煩了吧？」

「是不會煩，但我什麼都想不起來。」

潔寧懼怕好朋友的精神再次返老還童，卻還是沒有忍住衝動：

「那你記得……你跟小茉來我房間的事嗎？」

「我記得我有去你房間。」利馬夜回答。潔寧暫時還沒有聽出端倪。

「但是我為什麼會去呢？又為什麼會跑到星星樹林呢？後面的記憶根本就亂成一團……」

「在那之前呢？你沒事幹麼跑到我們星星北？是要去找小茉嗎？」

「我不是去找你的嗎？」利馬夜望著白色的天幕，語氣中有著不確定，「我們沒有約好見面嗎？」

「沒有啊。我們只約了要在小奉家看電影，照理說，你應該會待在星星南才對。」

「好奇怪，」利馬夜緩緩眨著眼睛，如一具老舊的機器，「我要是直接去小奉家，就不會住院了吧……真的好想看那部電影哦。」

潔寧挪動手臂，在書架旁碰到一排線圈狀的物體，拿起一看，原來是素描本。封面的厚紙磨得粗糙，邊角已然塌軟，工整字跡寫著一個潔寧沒聽過的名字：林蒼希。

厚厚的畫紙稍微發黃，翻開來第一頁，是全書唯一一幅水彩畫。莫蘭迪調的藍紫色彩點，拼湊出一棟湖畔的船屋。門板上段的裝飾窗片，以及屋身板材的縫隙微透著光，溫暖的黃光，似有魔力。畫紙角落標著一行日期：二〇〇〇／十二／六。

潔寧的腦袋頓了頓。今年是二〇一九年，他們全都九歲，而利馬夜十歲。二〇〇〇年久遠得像是上古世紀，就連想像也要抹上一層懷舊的濾鏡。這幅看起來帶點悲傷的圖畫，是封面那位「蒼希」所畫的嗎？

但仔細想想，聽說利馬夜的爸爸很早就跟家裡斷了聯絡，而他媽媽那裡的利馬家族，更幾乎不可能有「林蒼希」這種姓名。

所以這個人是誰？

為什麼她的素描本，會出現在利馬夜的房間？

「你說那部電影哦……」潔寧回得心不在焉，「之後等小茉回來，我們再五個人一起看。」

奇怪的是，除了第一頁之外，後面全是鉛筆素描。畫風變得陰鬱，筆觸粗糙，像是仍待琢磨，畫的內容也截然不同。潔寧以拇指按住素描本側邊，一頁一頁放掉，發現那是風景畫，有點像是星星樹林。他曉得利馬夜會費心畫些漫畫類的東西，只是全都歪歪斜斜的，更沒看過他畫風景。翻過五六頁，潔寧稍微加速，連續翻過十幾頁。

他眉頭蹙攏，翻身坐起，一頁一頁細細端倪。

「阿夜，這是你畫的嗎？」

利馬夜盯著潔寧慢慢跳動的素描頁面，表現出純粹的迷惘。

「這不是我畫的。我……沒看過……這個東西……」

利馬夜變得不太確定，像極了明達模仿爺爺找不到東西時的搞笑呢喃。

「你看，這一整本除了第一頁，後面都在畫同一個地方……越後面的日期就越靠近現在，但是每次畫的樣子，都跟前一次不太一樣……你看這中間，有一個黑黑的東西，然後……」

姑且將圖中場景當成星星樹林好了，黑色物體從無窮的遠方啟程，隨日期遞增，逐漸靠近、變大、靠近、變大，最終顯露出了房屋的形貌。

「這棟房子，我好像在哪裡看過……」潔寧搔著太陽穴。

「潔寧，我頭好痛。我想躺一下。」

潔寧發現利馬夜神色慘白，差點沒飛掉半打魂魄。

他連忙攙扶利馬夜爬上床，笨手笨腳地蓋好棉被，接著花了一點時間，確定利馬夜應該只是很累，不至於馬上死掉。

利馬夜兩眼無神，失去氣力的目光，很可能連天花板都碰不到。潔寧要利馬夜閉上眼，利馬夜照做。潔寧坐在那兒，等利馬夜的呼吸聲變得規律，才回到地板上，研究那棟如鬼魅越來越近的房子。

他總覺得在哪裡看過很像的……哦，說起來在慶生會那一天，阿夜也畫了概念很類似的連環漫畫。潔寧感覺答案近在咫尺，卻又遺漏了能敲開一切的關鍵。

素描本從頭到尾，每張紙面都被用力填滿。

房屋從一個小點慢慢變大，樹林也往兩旁退開一條道路，直通觀者的眼前。那是個漸進式的過程。來到最後一張時，森林已然全數消失，房屋的正面緊緊貼附在觀者眼前，占據且超出了整張畫紙。朽舊陰沉的大門、破窗、牆上的塗鴉，像是附有靈體，帶給人強烈的壓迫感，使潔寧無從久視。畫下這些圖畫的人，不論如何，必定處於相當極限的狀態。

是「林蒼希」畫的嗎？還是別人？

潔寧退向門邊，倚牆吐出一口氣。

門沒關，利馬夜躺著，胸膛穩定起伏。坐在這個位置，潔寧發現樓下的談話聲一清二楚。艾納和柏莎以西班牙語交談，氣氛凝重，對話裡不斷出現「阿夜」一詞。

潔寧轉向床鋪，本想出聲，又怕利馬夜需要休息。但她們在說些什麼呢？跟阿夜有關，或是跟小茉、整個失蹤案件有關的事情？經過一小段良心掙扎，潔寧打開手機裡的錄音程式，錄下了利馬姐妹的對話。

7

事後，潔寧將檔案播給利馬夜聽，問他裡面都在講些什麼。利馬夜隨即當起同步口譯，轉譯出了一整段利馬夜小時候多難照顧的趣事。

8

這一天，潔寧疏忽掉了許多事情。

他全都暫時抱持過疑惑，但每一樣都疏忽掉了。這名九歲的男孩，就跟小拳、明達，以及韶光區的每個小孩一樣，受到小城密集高升的恐懼迷霧所撫觸，行動和心靈都備受束縛。

不同於其他小孩的地方是，在警局那夜沒能吐實、沒能指控小茉繼父的挫折與罪惡感，以揮之不去的重量，壓迫著潔寧的呼吸道，使他每回走在利馬家前方陡坡時總感到暈眩，也使他總想避開星星北那條通向小茉家的山邊道路。

潔寧每天都會升起念頭，想去警局，說出阿夜和小茉來過他房裡。一開始他想，等阿夜不再瘋癲，他們就能一起去作證，請警察抓住那個男人。阿夜確實清醒了，幾與原本無異，卻想不起當天的事。

於是潔寧又想，再等一等吧，阿夜的記憶必定會復甦——誰知道阿夜跟小茉在逃出他家之後，實際上發生什麼事情了呢？說不定小茉的爸爸確實毆打了她，但跟小茉的失蹤無關？再說多等一陣子，說不定小茉或菀宜就會自行返家，或者就被人找到了，不是嗎？

但潔寧錯了，錯得離譜。

直到有天利馬夜突然問，為什麼他們的通話群組叫做「五人組」？這群死黨不是總共只有四個人嗎？他才終於發現，利馬夜並不是忘掉了那晚發生過的事情。利馬夜是忘記了方茉時這個人物。

9

潔寧沒料想到的事情，總共有三件。

第一件，剛剛已經提過了。

第二件，他手機錄音檔裡的談話，跟利馬夜所述大異其趣。

第三件，直到七年後被那個男人合法登記為死亡為止，菀宜都沒有出現，小茉也沒有回來。

冷王集錦：靜止極限

1

利馬夜升大一那年，某日向晚，天幕雲少，滴滿果醬似的紅橙色。罕見的四月颱在衛星雲圖上攪動，先來到的是風。

他從早八時段一路上了三門課，中午還去系排練習，因此回家後一洗完澡，就倒在床上昏昏欲睡。

他仍睡在小時候的房間，不一樣的是——或該說一樣的是，艾納不在屋裡，連姓名都鮮少被提起的「利馬爸爸」同樣不在。利馬夜一屆法定成年，父母立刻交出蓋了章的離婚協議書，各分東西。

其實在那之前，利馬爸爸早就調去德國分公司好多年了，艾納也仍舊有著「自己的生活」；為了離婚重新聚首，在利馬夜看來像個笑話。他們搞得彷彿很為小孩的幸福著想，才要死不活撐過這麼久，實際上卻老早離開了他，而且離得老遠。

他二十歲了，在大學裡學一些社會理論、文化比較的學問，有個腦袋精明的理工科戀人。小奉從高中就被送去英國念書，一年到頭頂多回來一次，或者完全沒有，但經常跟「五人組」的群組視訊，碰碰運氣看誰剛好還醒著。

明達上了外縣市的大學，大開玩笑說想去有海的地方縱情放蕩，但大家心裡都清楚，相依為命的爺爺今年自殺過世，是他輕鬆態度背後的黯黮陰影。

潔寧毫無懸念地念著物理學，並興致勃勃地選修歐語課程，在校園裡吃得很開，每天騎那輛帥氣的檔車通勤。

於是再一次地，這裡又只剩下潔寧跟自己了。

利馬夜懷疑過這個想法來自何方，「再一次」表示有著「上一次」，但他不曉得記憶的箭頭可以指向哪裡。小時候韶光區駭人的事件，於他而言已是模糊遙遠的昔日。從那之後他成長得很快，交過男友也交過女友，做遍所有諸如穿舌環肚臍環、用大聲量龐克樂當武器、抽菸喝酒、早早破處那類未必有多嚴重，但足以讓一般父母升起恐慌的事情。但顯然他沒有成功，跟利馬家的婚姻一樣失敗。忘了是哪天，他決定拔掉舌環，因為吃飯時總是很不方便。

已成年的利馬夜躺在寬大的床鋪上。他用父母給的「贍養經費」換了門鎖，也換掉家中每一張床，現在整棟房子都乾淨了。他斜望著窗外風暴前夕的血紅色調。女朋友傳訊息來問道：稍晚能否來他這裡過夜？他迷茫的目光一眨，轉回紅色天空之後，就忘了這回事。

恍恍惚惚間，利馬夜做了一個夢。

說得精準點，他墜入一段許久未再想起的回憶之中。

2

「你在讀什麼？」一個女孩子湊近潔寧。

在所有孩子裡頭，她是唯一會這樣問的人。大家都喜歡刺激，飆速的賽車遊戲，全球都愛的紅髮歌手，逐漸掀起流行的饒舌態度；只有她，總能看見寂靜裡的長遠，彎翹的好看睫毛掃過空氣，韜晦解讀著事物的意涵。

那不只是因為她能夠，而是她願意花時間這麼做。

「這本書在講黑洞。」

潔寧搓搓鼻頭，眼眸一揚，似乎很高興有人問。

「靜止極限，」她在潔寧身旁坐下，念出某一小章的標題，「是指什麼？」

「妳看這張圖，黑洞外面這一圈東西，叫做『動圈』。動圈裡面的時空，包括光，永遠都在旋轉。」

她點點頭，示意潔寧繼續說明。

「然後，動圈最外面的這層界線，就叫做『靜止極限』。在這個軌道上面的物體，相對於宇宙的其他東西是以光速運動……所以比如說從我們這邊看過去，就像是處於靜止的狀態。」

她仰起鼻頭看著天花板，一邊發出思考的聲音。

「就像停在原地不動？」

「對！」潔寧拍了一下手，「是不是很酷？」

「嗯，很酷。」她觸摸書頁上的圖：

「只是……靜止極限上面的東西，聽起來有點可憐。」

這時候的利馬夜在做什麼呢？

哦是的。

他正坐在一旁，跟明達和小奉打電動。他的庫巴選手越跑越慢，已經落後快要一圈，但他絲毫沒有察覺，因為他一直在偷聽那段對話。還有，出於不知道是什麼的情緒，利馬夜盯著螢幕，突然說出一句話：

「沒什麼好可憐的，因為一切都是相對的。」

「兄弟，我覺得你有慧根耶，這本乾脆借你好了。」潔寧笑得燦爛。

「那種東西沒人看得懂啦，冷王。」明達的奇諾比奧率先抵達終點，「科學只是被資本主義跟菁英主義社會挾持的可憐東西，真相並不重要，能否利用才是重點。」

「你不要這麼入世啦！」潔寧大喊，真心無法承受。

「唉唷，明達！你怎麼可以在終點前放道具！」小奉的碧姬公主搶了個第二名。

第三名是電腦玩家，第四名也是，第五名也是，第六名也是……

「哇，阿夜，你最後一名耶。」潔寧讚嘆。

一時之間，所有人的注意力都落在利馬夜龜速前進的賽車上頭。

利馬夜故作無事，但心裡很在意，因為她對他的發言沒有任何表示。

庫巴抵達終點。

「好，換我玩了。」

最後，她說了這樣一句話，感覺帶著笑。

3

近乎爆炸的雷聲穿過房屋，將利馬夜撞出夢中。直覺告訴他，這是深夜了。

轟隆！

他將年輕的眼瞪到極限，還未適應回到現實的此刻，閃電就將臉打得銀白。夢感覺起來極其短暫，但醒來時天早就黑了。利馬夜的頭部脹熱暈眩，脊椎附近竄出冷顫，惶恐憑空降臨。

他跌跌撞撞下床，來到窗邊，一隻手掌覆上窗面。

轟隆——！轟隆——‼轟隆——‼

利馬夜是握著手機睡著的。醒來後他仍握著，過度用力地握著。他專心聆聽那些雷，放任閃灼的光鑽進瞳眸，推打心中一道鏽蝕的門。嗡嗡嗡，嗡嗡嗡，手機螢幕亮起，「白痴潔寧」來電。利馬夜其實拿起來看了一眼，但僅是單純的反射動作，上頭的字並未進入神經迴路，化為認知。他將手機隨便放到窗臺角落，指腹一個歪滑，無意間接通了視訊電話。利馬夜沒發現這件事。就像今夜直到最後，他都沒有回覆女朋友的邀約那般。

利馬夜心裡知道，雷即將落下。

砰——！

在雷擊所賦予的魔性底下，星星樹林正在蔓延成星星森林。

他知道。

「喂？兄弟，哈囉？有看到我嗎？」

潔寧的臉蛋框在手機螢幕裡，原本想說的話，最後全都沒有說成。

「那個啊，我有件事情想……兄弟？嘿，你還好嗎？」

利馬夜已經不是幼體了，不能再用小孩子的幻想念頭來逃避。他是這樣要求鏡中的自己——像艾納多於像父親的他，淡紫瞳孔沒有變成褐色，來不及變回「普通」，身體已經成人。他大概已經好了。他可以好起來，討人厭的婚姻關係，已經遠遠滾出他的生命，有人提供穩定的愛給他，他沒事了，又是一個新的人了。

然而此刻，無從排除的燒灼既視感，降下了他人生中又一次的完形崩潰。星星樹林不再是樹林，小城成為死城，通道又一次敞開，延伸到曾經撕裂他心靈的那塊小沙地。

他絞盡腦汁也不明白，這種事情怎麼可能再度發生——或者三度發生。先於理性邏輯的重組，他抓起手機和附兜帽的外套，全速衝出家門，一路奔向現形的房屋。

差不多也是那時，大雨開始瀉下了。

4

十九歲的潔寧，按利馬夜所述「穩健地活著」。一有機會他就將天文望遠鏡指向夜空，著迷於第五次複習《宅男行不行》的每一集，戴著花最多錢在打薄鏡片的高度數眼鏡，動不動就哭，然後老是忘記明達叮嚀他要隨身帶的那條手帕。

潔寧的右額上，有一條從右上斜向左下的疤痕，從長度大致可以數出縫了幾針。當風吹開他彎捲捲的中分短瀏海，他會感覺裡頭好像有些酸酸痛痛的，分不清是真實或錯覺。

事情發生在去年，他和利馬夜到爵士酒吧聽現場演奏，走出後巷時，遇見兩個在夜色中毆打女孩的搶匪。

潔寧第一反應是退後，而利馬夜衝向前去。

這不是一個拯救的故事，潔寧覺得遠遠不及。獵豹可以在短短幾秒鐘內加速到時速一百公里，利馬夜的暴力亦是如此。利馬夜吼叫著撲倒兩名男子，跨坐在其中一人身上迅猛揮拳。

那個女孩、潔寧、另一個搶匪全都大叫。千鈞一髮之際，他們三人實質上必須合作，才勉強阻止利馬夜將碎酒瓶插進搶匪的臉頰。那人已經失去意識，但利馬夜持續吼叫，兩個拳頭血肉模糊，噴出的血分不清究竟屬於誰。

潔寧擒抱上去，將利馬夜摔向側邊。利馬夜生獰反抗，眼中看不見趕到巷口的警車、從樓上探頭的住戶，還有過分驚懼而哭泣的搶匪同夥。那是潔寧這輩子遇過最頑強的力道，再也沒有什麼能夠超越。

利馬夜甩開潔寧時，酒瓶劃過潔寧的額。血汩汩流出，模糊他的視線。潔寧覺得自己開始哭泣，因為害怕利馬夜在下一秒，就要殺死一個他們幾分鐘前才第一次遇見的陌生人。

數名警察奔入巷內，但是恐怕來不及。一個搶匪在地上動彈不得，另一個則跪在那兒，舉起雙掌求饒。一切如此荒謬，直到最初始的被害人——那名女孩衝進利馬夜和搶匪之間，一巴掌打在利馬夜臉上。

那位名叫松松的女孩，是巷裡唯一的英雄。

如今，二〇二九年這一晚，潔寧的疤痕無端抽痛。

他腦中一直有個抽屜，裝滿與利馬夜相關的一切，每項終能連結到他自身的無能為力。他覺得自己除了目睹毀滅，好似什麼忙也幫不上。但他仍然陪在利馬夜身邊，即使無能，他仍然在。

潔寧沒什麼特別想說的事，只想找個藉口，撥電話給利馬夜。在架設望遠鏡觀測九九九四二號小行星的過程中，他數度下定決心又反悔，掏出電話又再放下，連自己都覺得好笑。

到頭來他還是會將電話撥通，撞進另一件應該放進腦內抽屜的重大事件，但是在那之前，潔寧的思緒被一個臉上有血的陌生女孩暫時打斷。

「你又跑來這裡架望遠鏡了。」

她好像走了很長一段路，微喘著氣，用袖口擦去左頰擦傷滲出的血。

「哇啊！妳怎麼了！沒事吧？」潔寧慌忙掏向每一個口袋，但沒找到手帕。

明達是對的，即使隨身手帕不用來擦他自己的眼淚，總有一天也會派上用場……但潔寧沒帶。

「你不用費心了，我沒事。你繼續吧。」女孩掌心朝上擺動幾下，神色自若地，坐到潔寧帶的小凳子上，「你在看什麼？」

潔寧怕得不得了，還望了望路的那頭，是不是有誰會追過來。

「妳真的沒事嗎……」

「先告訴我你在看什麼，我就告訴你我怎麼了。如何？」

「我在觀測『毀神星』，」潔寧猶豫了一下，「妳應該不會有興趣。」

「你又怎麼知道？再多說一點。」

她的血又流落，潔寧再次掏遍所有口袋，最後竟從一開始就找過的外套口袋拎出手帕。

他遞給她。

「在所有近地小行星裡面，科學家算出它撞擊地球的機率最高。今天又是它距離地球最近的一次回歸……」

「你剛剛說，這顆小行星叫什麼？」

她將耳朵露出來，想要聽得更清楚。

「毀神星，毀滅的毀。名稱取自古埃及神話裡的阿波菲斯。」

「那……它今天會撞上地球？」

潔寧搖頭：「不會。」

「如果它撞上來，會毀掉這整顆行星嗎？像電影演的那樣。」

潔寧再度搖頭：「我想頂多……可以毀掉一座大城市。」

女孩接過手帕後就一直拿著，沒有拿起來擦拭。

「我可以看一下嗎？」

她站起來，扭肩用袖口擦掉新的血，以免弄髒潔寧的設備。

潔寧退開一步，教她分別從單筒和雙筒望遠鏡觀測。

「表面好清楚哦……」她低嘆，「凹凸不平的，就像一塊石頭。」

「它確實是一塊石頭。寬度三百四十公尺，如果拿來擺在地面上，就跟東京晴空塔的瞭望樓層一樣高。」

「好清楚的比喻，」她笑，「可惜我沒去過東京。」

「妳真的不需要……去醫院或是什麼的嗎？」

潔寧問完後，她改用另一肩的袖口擦血。

「你相信戰爭會爆發嗎？」她突然問。

「戰爭？在哪裡？這裡？」話題來得太快，潔寧不知所措。

「對，在這個國家。」

「我不知道。應該沒有人知道。」潔寧誠實回答。

「我覺得我好像知道哦，」她說，「或許戰爭會比毀神星還要快，就毀掉這個城市，還有更多更多東西。」

潔寧懷疑她或許是在逗著他玩，但她的神情無比平實，似在講述一個切身的煩惱。

「妳會受傷……跟這件事情有關嗎？」

「事情有點複雜，」她搔搔頭，「可是我們這輩子應該不會再見，告訴你應該也沒關係吧？」

潔寧點頭，感覺很像在跟陌生人密謀：「沒關係。」

「我可以用幾句話說明，但就不深入解釋了哦？」

「好。」潔寧站穩腳步。

「我爸爸想招募我加入一個很不祥的組織。要做的事跟情報戰有關，而且目的非常明確，就是你知道的……不太好。」

「妳答應了？」

「當然沒有！」她有些氣憤，「他很早就拋下我跟我媽，去跟別人結婚了……隔了這麼多年，他突然跑來說這些，說是為了我跟媽媽好，我怎麼可能接受？哪有父母會叫小孩去做這種事情呀……」

「那就好。」潔寧按著胸口，鬆一口氣。

「你真有趣，」她笑，「又不是我沒答應，那些壞事情就會停下來。」

潔寧知道，世間的壞事從沒有一刻停擺，他只是感到慶幸。

「我很高興妳拒絕了。」

「你覺得這機率有多少？我們的城市會被毀掉哦。你再也沒辦法觀察天上的星星了。」

「不管機率有多小，都有可能會發生。」潔寧聳肩，「就像如果我們現在被毀神星砸到頭，那也是沒辦法的事……以科學的角度，只能設法把問題搞清楚，然後努力解決它。」

「那假如壞事真的發生，這位大科學家，你要怎麼做？」

對此潔寧倒是相當確定，確定得足以自豪：

「我是一個不擅長求生或戰鬥的人。速度慢又很膽小，比不上我其他朋友。我應該很快就會死掉吧？搞不好就是第一個死的。」

她盈滿笑容。

但事實上，他不會。潔寧最終活過了九十六歲，是同輩朋友中最後一個長闔雙眼的人。

「妳呢，那妳會做什麼？」

「我會……成立一個反抗的組織？總之，一定要戰鬥到最後一刻。」她說。

「那……組織要叫什麼名字？」潔寧問。

「那很重要嗎？」

「當然呀！氣勢是最重要的，然後才是其他東西。」

她平和挑眉，表達不予置評：「你幫我取一個吧。」

「嗯……」潔寧深思，「『自由鬥士』，怎麼樣？」

「好幼稚哦……又不是在辦家家酒。」

她將自始至終沒有使用的手帕小心摺好，放進口袋裡。

「謝啦，」她說，「要是我們再見面，我就跟你求婚吧。我認你頭上的疤痕，你認這張手帕就好。」

「啊？」

潔寧半張著嘴，如同他的自我描述，速度慢又膽怯，而她沿著下坡向前走，不一會兒就離開了視線。

毀神星以每秒三十公里的速度，無聲奔向西方地平線。

潔寧站在那兒，一顆科學家的腦袋轉哪轉，想不出自由鬥士究竟哪裡幼稚。他知道當故事裡面有一把槍，那把槍必定得被擊發。若他有幸終於將手帕帶在身邊，那條手帕必定會遺失。或者該說……手帕終會發揮它的效用？

後來潔寧經常回到這個靜謐山嶺架設望遠鏡，即使此處經常起霧，從來不是觀測條件最佳的地點。直到他不再能夠觀星為止，他都沒再遇見那個女孩。他心裡知道，自己確實講了一些只為耍酷的話。機率小不代表不會發生，但無疑代表著很難發生。

潔寧打了個噴嚏。

明達來電。

講完這通電話，潔寧立刻撥給利馬夜。

後來的事情，就是那樣了。潔寧朝手機鏡頭大喊，利馬夜毫無回應。

突然轉為視訊的螢幕，一次天旋地轉，緊接著混亂擺晃……利馬夜拎起手機，開始跑動。

「喂喂喂？阿夜？」

潔寧大可掛上電話，事後再說。可是螢幕那頭，在閃電照耀下蒼白似鬼的利馬夜，瞬間就喚起他如潮的記憶。在童年的走失事件中，利馬夜獲救後的呆滯神態就是那樣，分毫不差。

潔寧急忙收拾觀測設備，包好防雨袋後背到背上。他一邊確認利馬夜的定位，跨上暗黑色的檔車，往韶光區奔馳而去。

「阿夜，阿夜！你有聽見我說話嗎？」

視訊畫面自動跳顯於儀表板一角。潔寧從安全帽內的收音裝置疾聲呼喚，利馬夜的鏡頭仍在淩亂飛跳。

電話那頭只聞巨大雨聲、不規律的撞擊摩擦，以及稍遠處的急促呼氣聲。

5

利馬夜從沒想過，有那麼一天，他會真的站在這棟房子前方。

忘了哪年去星星北找明達時，在韶光區的東北邊境，他信步亂晃，路過一處人家，沒多久又退回門口，待在那裡端詳。

他總覺得在哪裡看過這棟房屋，於是拍了照，拿去詢問鄰人。鄰人的臉一下就垮了，像喉嚨正被一把掐著：「你……嗯，不知道嗎？這棟……」

冗長的低度矛盾，穿梭於利馬夜和鄰人之間，他示意對方繼續講，換來更加磕磕巴巴的答案。

「就是……那個……那個就是……呃，以前……呃，我們韶光這邊失蹤的姐妹……她們家。她們繼父已經搬走很久了，所以房子就空在那邊……」

利馬夜點點頭，道完謝就離開了。但鄰人一直站在原處，一副驚魂未定的模樣。

當下他根本沒想別的，覺得「就是小時候走失的一個朋友」。潔寧問過那本素描簿屬於誰，也問他是否看過畫中那棟房子，他都答不出來。當他面對著真正的答案，懸於邊緣的念頭停留一晌就流失，彷彿有誰往耳朵輕吹了一口氣。

此刻在滂沱大雨之中，戴起兜帽、手握長傘的利馬夜，將手機插入外套的胸前口袋，渾然不知視訊通話還在繼續。而「白痴潔寧」的檔車在**實際上**細細長長、眾人最為熟悉的星星樹林邊境，竟迷路了半小時之久。

利馬夜就站在房屋前方，一步之遙，心中萬分確定，這棟房屋當然不該出現在星星樹林裡頭，**實際上**房屋的**本尊**不在這裡，而眼前這棟結構體……只是某種通道。

他向前跨步，眼眸一眨，房屋仍然剩下一步之遙。

利馬夜甩甩頭，希望自己——雖然這麼說有點好笑，能比現在更清醒一些。

再抬頭時，她已經站在那了。

利馬夜輕抽一口氣，雨傘無聲震顫。

巨大電光向下劈開，銀色電流以他們的所在地為中心，往四面八方飛速濺開，在黑暗林間滋滋狂響。利馬夜以雙臂護住臉部，懷疑自己會就此死去，但他還活著。

利馬夜警戒著放下手臂，再次確認到，眼前確實站著一個淋得全溼的女孩。所有受到壓抑的記憶，自那道鏽蝕的門往外，如高浪轟烈回湧，滋潤了整個身體。事情很奇怪，真的很奇怪，因為她看起來，跟失蹤時相比**幾乎沒變**。

「利馬夜。」

慧黠依舊的聲音微微打顫，聽起來很冷。利馬夜伸直手臂，將雨傘微往前傾，但她並未往前，彷彿要是一個退步，就會再度消失。雨強壯得跟冰一樣，她縮著身體站在那兒，神情溫和但無助，無助中有些抱歉。她站在那兒發抖，彷彿自己沒有被撐傘的資格。

「小茉……」

利馬夜跨步向前，將失蹤的女孩擁入懷裡。

房屋已經不在，森林回歸成樹林，死城化為小城，但那些都不重要。

她還活著。

6

在星星樹林邊緣，從螢幕目睹一切的潔寧，輕輕放開了檔車的把手。

他並未看見房屋、黑暗森林那類非他所能視的景象。潔寧真正目睹的光景，是一記雷擊墜在地面，世界陷入全然黑暗，接著從那黑暗之中，出現一個細小的身影……面容尚不清晰，但利馬夜叫她「小茉」。

潔寧最寶貝的交通工具往旁倒下，在大雨中，半點聲音都沒傳進耳裡。

第二章——水母

如蜂鳥振翅滯空，卻嘗不得甜美果實。
如愛人美好記憶，僅在眼前忽隱若現。
向來渴望的一切，從不停歇呼喚著你。
你大可奮力嘗試，但選擇權未曾在你。

——凱拉・拉・格蘭奇（Kyla La Grange），
〈蜂鳥〉（Hummingbird）

Dann kommst du

〔二〇三三年〕

1

方茉時獨坐在沙灘中央處的巨石邊緣，雙腳自然垂放，飛行毛帽蓋過雙耳。她吐出一口霧白熱氣，望著被陰沉天候照耀成冷調的海面。

按年分算，已經進入她回歸世界的第五年了。二〇二九年剛抵達時，她的身高一百五十公分，站在同齡人身旁就像妹妹。而今她一百六十五公分，體重雖少仍有增加，雙頰至下巴邊的嬰兒肥已經消失，看起來終於比較像是二十四歲的女性了。

茉時對〈班傑明．巴頓奇妙的一生〉有些著迷——不是電影版，而是費茲傑羅的原著小說。電影版搞得彷彿愛情才是世間最令人悵然之物，她不甚喜歡。

班傑明．巴頓出生時是個老人，他畢生的時間流向與常人相反，從老年活到青壯，從青壯活回幼小，最後化為嬰兒死去。茉時經常設想，倘若主角是個女人，那事情會變成怎樣？

這個女人在出生後的幾年間，首先擁有著充滿肌瘤的老化子宮。接著過了三十多年，那些代表著杇邁的物體漸次消失，跨越停經的那條線後，女人開始「恢復」生理期（而這卻是此人的首次經期來潮），以及孕育生命的機能。或許她會在接下來的三十多年間生下後代，或許沒有。無論如何，她的身體都將趨向年輕，體脂肪越降越低，肌膚日漸緊緻光煥，接著等到長相體態接近十五六歲時，她會跨越一般人初次來潮的那條線（對她而言是停經），終於不必再忍受這種沉重的生理折磨。她擁有一顆老年的心靈了，身體是那麼純淨如新，但同時也不是世人愛套在女人身上的「處女」身分——人不必是處男處女，也可以純麗燦然。

茉時覺得這會是個很不錯的故事。至少是她會喜歡的故事。一個人出生時有著衰老身軀，在年老時恢復脆弱幼體——物理學告訴世人，無所不能的必定是弱的，她視為一種透徹的諭示，擺奉在靈魂的神廟之中。

她自己的初次來潮，是在去年秋末冬初，跟今天差不多的寒冷天氣。當時剛跟利馬夜分手的前女友松松聽聞此訊，直接翹了課趕赴利馬家。松松抱著她的頭輕聲安慰，說晚來總比不來好，至少妳比其他女生少受了好幾年的苦。

松松教會茉時如何使用棉條，並帶她到藥妝店逛了一輪，介紹以後共約三十年間的每月所需用品，細數著某牌棉條的摩擦感很強烈，某牌衛生棉總會黏住皮膚令人窒息，某牌新式吸收器的觸感勝於月亮杯那類小東西，而且不會溢出……。

過去幾年，松松對茉時一直保持高度友善，不論怎麼看就是這樣。松松從未質疑利馬夜說茉時是遠房親戚小孩的那套愚蠢說法，或者為何茉時的成長晚了他人那麼多，又像在趕進度般快速。茉時對「新年代」的各種空氣手勢產品毫無概念，搞不清楚為什麼十五年前使用的通訊群組，能夠完美過渡到另一個酷炫系統之中，松松很厚道地不曾大笑。當潔寧、明達、利馬夜聚在利馬家客廳討論該怎麼撤銷失蹤人口的死亡宣告告訴，松松甚至不曾插嘴詢問這是怎麼一回事。

每當松松來利馬家過夜，茉時總會禮貌性地待在房裡——曾經屬於艾納．利馬的房間——整夜不出，一邊趕著課業進度，將壁面平板音響調成不大不小的音量，大到足夠蓋過某些聲音，小到不至於打壞別人的情致。

茉時感覺得到，在這棟房屋內有著某種隱而未顯的界線，存在於松松的善意、利馬夜的無所作為，以及她自己得體的謹慎態度之間，以某種彎彎曲曲的形式，逐日變動著位置。她提過要一個人搬出去住，松松卻告訴她們都沒有，聲音裡表示不容爭辯，彷彿對她的落落寡合瞭若指掌。如此妾身不明的混沌狀態，就這樣持續了三年多。

去年夏天，當茉時同時從高中和大學畢業，或該說包括利馬夜等人全數畢業之際，松松向利馬夜提分手。

從那時起近半年來，茉時和利馬夜什麼也沒去做。當明達進入律師事務所當起助理，潔寧準備著天文物理研究所的考試時，茉時和利馬夜每天睡在不同房間，醒來後一起準備早餐，然後分頭去做家事、閱讀、編織，偶爾看看電影，午餐有時併成晚餐。

利馬夜還是會出席某個社會運動團體「防禦線」的會議——據說一開始是明達引介的——也會擔任一些行動的號召者，但頻率比松松還在時少了許多。

飯後他們會去附近散散步，或去山上坐著看城市燈火，接著回家、洗澡、各自回房睡覺。利馬夜沒說過半點松松的事，或他們為何分手；松松有時會打電話給茉時，跟她分享一些瑣事，沒有提過利馬夜。

這一刻，牽著狗在浪邊奔跑的利馬夜放慢腳步。他背對粼粼搖曳的黛藍色海洋，朝著巨石這裡左右揮手。利馬夜已經變得跟小時候很不一樣了。現在的他臉型精瘦，鼻梁有稜有角，眼神溫煦，手長腳長，經常撞到高處的物品。

茉時沒來由地明白到，此刻眼前以靜海為景的畫面，她將永存於心。

再過沒多久，利馬夜就會放任狗狗自己去玩，到她身邊坐下，第五次或第六次，問起他永遠都無法記得的那些事情。然後，同樣是第五次或第六次，她會告訴他，你不會記得的，接著再為他說明一次，她消失的那十年間去了哪裡。他的認知會像被一條短短的線給穿過那樣，暫且有過概念，即刻恢復空洞。

茉時將手掌抽離膝蓋和下巴之間，伸向空中，對利馬夜揮手表示她看見了。

2

「妳知道嗎？袋鼠只能往前跳，沒辦法後退。」利馬夜說。

「真的嗎？」

「袋鼠的後腿跟尾巴都很粗壯。往前跳的時候，尾巴可以用來穩住身體；往後跳的話，尾巴發揮不了太大作用，就會失去平衡，然後跌倒……」

「好辛苦。」

「那妳知道，袋鼠是唯一會跳躍的大型動物嗎？」

「是嗎？」一時之間，她確實想不出其他候選人。

「這可以說是一種演化奇觀。」

「演化奇觀。」

「那妳知道，這些事情全部都是誰告訴我的嗎？」

利馬夜與茉時對視，同時發笑。

他伸手替她固定好外套，拉開一張毯子，披掛到彼此的肩線上。狗兒正在沙灘各處盡情玩耍，滾來滾去，偶爾逐浪。

「阿夜，你接下來有什麼計畫嗎？」

「晚上想煮燉牛肉。」

「我不是指今天。」

「中北部的山，我們差不多都爬過了。所以我在想，或許下個星期我們可以去爬雪山。」

「不是下星期，也不是下個月的計畫。我想問更未來的事情。接下來你想做什麼呢？想去工作還是繼續念書？或有其他想法？像是這樣的事情。」

利馬夜暇眺大海，而茉時凝視他映著雲朵陰影的側臉線條。他的鼻尖凍得發紅，鬢角剃至高處，一頭捲髮的末梢從毛帽邊緣探進風中。凜冽的浪潮味道，從大海那頭撫向他們，撥動著沒有說出的語言。

「那妳呢？妳又打算做什麼呢？」

茉時總覺得，利馬夜在直覺上已經知道了。或許因為她把打工的錢，全部存進某個戶頭裡，數字剛好可以支付住在利馬家幾年來的支出。或許因為她把庭園的花草都整理好了，並寫了一張照顧的步驟。或許因為，她才是沒表示自己要繼續工作還是念書，或有其他想法的那個人。

利馬夜必定對一個人即將離開的氣息相當熟悉，太有經驗了，非他所願。

「利馬夜，這是我人生中最幸福的五年。」

利馬夜轉過頭來，嘴角不著痕跡地抬著，像是欣慰，略挾哀傷。此時他以一種被動的姿態，月旦著她孱弱的辯解。而她明白，談論那些事情的時刻又到了。第五次，或第六次。

「前幾天我在房間裡找到一張東西，」利馬夜從連帽外套口袋掏出一張多次摺疊的舊紙條，「在這之前，我根本不記得自己寫了這個。」

茉時知道那紙條是什麼，因為這段談話已經發生過了。

「上面寫，『房子是小茉的家』。我想很久，才終於有一點點印象。妳現在人在這裡，一直在這裡。有時候我會忘記妳失蹤過。整整十年。還有妳是怎麼回來的。妳看，這上面寫了『不寫下來會忘記』。我顯然寫下來了，後來還是忘掉了。可是我非常確定，自己沒有記憶方面的困難，也沒有早發性阿茲海默症。」

「阿夜，你的腦袋跟身體都很健康。是我去的那個地方，它太特殊了。」

茉時的輕語，被一道寒森森的海風給切開。

「那裡的事情按照規定，是沒辦法對其他人講述的。就算我說了，你也會忘。很快就會忘掉。雖然這聽起來很不科學，但它實際上就是超出了潔寧很擅長的那些理論，它超越了我們所有人對這個世界的認知經驗。」

「我知道。」

利馬夜像個忘詞的講者，原本期待小抄能夠備而不用，事到臨頭卻只能照稿宣讀。他形狀優雅的手指鍥而不捨，在破破的筆記本紙片上滑動：「這些對話我們都已經有過。每一次我都覺得自己一定可以記住，但是每一次，我都忘記了。」

「所以或許，我們應該回家去煮燉牛肉，躺在沙發上看電影。睡個一覺，這些疑惑的感覺就會過去了。利馬夜，我們忘了它，好不好？」

茉時輕哄著他，悲傷的是，她知道他不會接受。

「我已經忘記很多次了，然後我又想起來了，又需要妳從頭說明了，」利馬夜說，「這就代表著，它也是我生命裡面很重要的一件事。也對，就算妳告訴我，我可能也無能為力。但妳還是告訴我吧。就像十五年前……」

利馬夜將目光移往紙面上的另外一角，眉間有了溝渠，彷彿讀著艱深哲學般吃力。

「就像十五年前，『我們在星星北遇到』的時候，妳決定相信我那樣。」

茉時將鼻子埋進膝蓋之間，目光投往遙遠的海平面。

利馬夜越是努力記下一切，就忘得越快。這之於她而言，與自身存在從他心中遭到抹煞沒有二致。她不斷將真相告訴利馬夜，利馬夜也不斷忘掉。不是他們任何一方的錯，不是任何人的錯。這只是一種附加代價。源自於九歲的她，為了生存下去所做的，畢生無法回頭的決定。

海風湧起，彎折茉時緩緩闔下的睫毛。

利馬夜靠過來了些，握住她撐在岩石表面的冰涼手掌。

3

「為什麼我們的名字都有小草？」五歲那年，茉時詢問母親。

「茉時、菀宜、蒼希。好多小草。」

「我小時候也問過哦，」蒼希莞爾，「外公小時候也問過。還有外公的媽媽、外公媽媽的媽媽，大家都問過這個問題。」

這段談話，發生在一輛長途夜車空蕩蕩的車廂裡頭。外公的追思會過後，母女倆在星空下前往車站，末班車仍然等著，將她們穩穩載向北方。

追思會上沒人哭泣，眾人合唱外公喜歡的流行歌，講回憶裡外公的糗事，吃一些東西，接著互相擁抱。這是茉時第一次認知死亡，感覺起來就像眾人的愛，把一團即將流逝的風變得和暖，接著風便離去。

菀宜一直很介意自己沒能出席。因為太喜歡外公，她是唯一一個哭個不停的人。但她偏偏玩球摔斷腿，錯過了昨日的家庭樹葬儀式，也錯過今日的親友追思會。按她的說法，她為了很笨的理由失去這一切，「像被外公跟所有家人拋棄」，獨自待在醫院裡傷心流淚。

印象中，這是茉時少數跟母親獨處的旅程。從有記憶開始，爸爸就已經不在了。媽媽開玩笑說在門口撿到菀宜和她，被人放在禮物籃裡，她們也就開心地相信了一陣。

這曾是一個全是女孩的家，由茉時、菀宜和蒼希組成。然後她們還擁有著，一些會在追思會上準備冷笑話猜謎的遠房親戚。

「所以是為什麼？」茉時坐在母親腿上，鼻尖抵著玻璃，成為與黑暗原野的小小接點。或遠或近，電照菊排列成地面的星，無端熱烈的沉靜派對，一轉眼就飛離視野。

「據說是因為小草很強韌，給人一種生生不息的感覺。」

「就這樣？」茉時有些失望。她向來認為，這件事背後藏著天大的祕密。

「這也算是『我們家』的標記呀！一個家的傳統是很重要的哦，不是指那種硬邦邦的禮節，而是身為家人的默契。有些東西就是會隨著血脈不斷傳承下去，既有看得見的記號，像是名字裡面有小草，也有一些看不見的記號。」

「像是什麼？」

「像是……」

蒼希一停頓便不說話了，於是茉時追問：「像是？」

「等到發生，妳就會知道了。」

「是什麼啦……很恐怖嗎？」

「還好啦，」蒼希抿嘴一笑，「妳跟菀宜遇過什麼奇妙的事情嗎？像是突然迷路，或是看到不認識的地方……之類的？」

「沒有，」茉時搖頭，「菀宜也沒有。她所有事情都會告訴我。」

「這樣呀。」

蒼希彎曲四指，將茉時的頭髮理順，似乎覺得這個話題可以靜靜過去了。

茉時將目光自窗面移開，轉過頭來。

「不過，我看到妳把窗簾拉起來。」

蒼希望向女兒：「什麼時候？」

「昨天在外公家，我去客廳找妳。妳一直站在那裡，看外面的東西。」

「妳看得見……我在看什麼嗎？」

「嗯，」茉時點頭，「有一個湖，旁邊是綁著船的木頭房子。」

蒼希吸入一口比平時還要緩慢的氣息。

「妳把窗簾拉起來，我再去偷看，就不見了。還以為是看錯了。」

「如果妳再看到類似的東西，就畫下來吧。這也是我們家的傳統。」

「要畫那個木頭房子嗎？」

「不，那棟船屋是媽媽的。」

「我也會有我的？」茉時歪著頭，「菀宜也會有菀宜的？」

「我也不確定。外公說，每一代只會有一個孩子是這樣。也有可能妳們都不是。誰知道呢？」

「那房子是什麼東西？」

「媽媽也不曉得裡面有什麼，」蒼希說，「因為我沒進去過。」

「那裡可以進去哦？」

茉時掀起一陣驚奇，卻打了個呵欠。

蒼希隨夜車搖擺，輕撫茉時的背：「等妳不會忘記，媽媽再告訴妳吧。」

茉時很快就睡著，做了一個跟外公在崖上原野賽跑的夢。外公說他喜歡釣魚，茉時說真想一起去，外公在起風時朗聲大笑。醒來後，茉時就把跟母親的對話忘得一乾二淨，只記得小草代表著生生不息，還有，她開始喜歡這個家族傳承的默契。

要再過幾年，她才終於理解母親最後那句話的意涵。而到了那時，母親已經不在，什麼也沒能告訴她，什麼也沒能教導她。

從這個異常靜謐的夜晚起始，構成茉時世界的一切，開始以一種她遲遲未能察覺的速度悄聲剝離。等她徒剩一人，在悲愴中對地喊叫，一回首便是此夜的談話。

她將會悔恨在外公下葬那日，自己何必到客廳尋找母親。出於不得不的偏執，她必須堅信若當時沒看見屬於蒼希的船屋，或許後來的一切都將不同。

在最痛苦的時光中，茉時持續拿這份信念撐住自己。

是她在還有選擇的時候，做了不妙的抉擇。

是她選中了這樣的人生，而不是人生選中了她。

4

茉時八歲那年，母親戀愛了。

電光烘焙行發生「交接」，白髮蒼蒼的老闆消失，一夜間換了個年輕新老闆。這跟繼父住進她們在星星北的房子，幾乎發生在同一時刻。蒼希跟繼父沒有舉辦婚禮，只是簡簡單單開始同住。

茉時經常觀察這位突然冒出的「新父親」，看他在後院蒔花養草，看他對電腦飛快鍵入艱澀的程式碼，看他跟蒼希有說有笑。繼父穿起工作西裝相當瀟灑，隨時謙和有禮，笑容燦燦，因此在韶光區的媽媽團體受到大量討論。就連茉時跟菀宜去到學校，也會被同學纏著問東問西。他是不是真的很帥？他對妳們很好？聽說他很有錢？

茉時總是轉著一雙圓眼，微蹙著眉推敲，自己對這個陌生男子還有多不了解。

蒼希繼續工作，姐妹倆繼續上課，僅僅是屋簷下多出一位新住戶，而且是工作繁忙的新住戶。

在茉時最初的印象裡，繼父已是那般忙碌。他行色匆匆，早出晚歸又經常加班，假日待在後院時，會露出一種失去防備的疲憊神情。茉時覺得那些疲憊很深沉，是做完苦差事後意識的散亂。他承擔著內在的委頓，幾乎不被任何人看見。

繼父的電話經常響。他向來不會馬上接通，也不檢查來電者，總是直接起身，走到屋外去談話。蒼希說，那是因為科技業重視保密，他想讓工作跟家庭保有明確的界線。茉時倒覺得繼父把工作跟家庭分得太開，硬是建造出了不容許一絲縫隙的城牆。

就茉時觀察，繼父至少擁有三部長相類似的手機，可能更多。她想過是否該問蒼希，但完全可以想像蒼希會用什麼表情，給出一些無邪的答案。茉時對這個男人層層疊疊的神祕感到好奇，有次繼父電話響，她輕手輕腳跟了出去。

這棟屋子明明是她的地盤，繼父卻即刻察覺她的氣息。

他找到她時，嘴邊的話才說到一半。他不說了，露出溫暖笑容，掛掉電話就丟進口袋，蹲下問她是不是要出門，需不需要他陪同？

茉時頓時有些困窘，只好謊稱要去明達家討論作業，僵著背脊走向鄰戶。一小段路後她回頭望，繼父仍站在那兒，笑著對她揮動手臂。於是她揮揮手，理解到自己可能永遠無法像靠近蒼希那樣，走到離他夠近的位置。他不允許，她也抗拒。

出於一些原因，他將心包裹得很緊，鋪放在臉上的是應用的演技。老實說，這跟她有些相像。

這一年發生了許多事，有如過分緊湊的電影劇情。

一月，繼父出現在她們的生命裡。三月，蒼希診斷出惡性腫瘤，一聲轟然就拉朽摧枯，連串的治療既沒有讓情況壞一點，也沒有好一點。五月，隔壁明達家的爸媽人間蒸發，捲走一筆鉅額基金（新聞上稱之為「投顧會員費」），在韶光區掀起風暴。明達家門口每天都傳來抗議的叫喊，以及必須到場保護明達及爺爺安全的警車鳴笛聲。八月，被送去哥倫比亞長達兩年的利馬夜返回韶光區，跟利馬家相關的八卦再次甚囂塵上。十二月，蒼希被人發現陳屍於東部小鎮湖畔的一座船屋。

✢

蒼希死了，年僅三十三歲。

✢

蒼希做療程的日子，茉時總在星星樹林裡孤身蹓躂。

無論腹腔積水多麼疼痛，蒼希只願在嘴邊強迫掛上微笑，當她實在笑不出來，就想盡辦法跟兩個女兒拉開萬千距離。蒼希不允許茉時和菀宜旁觀她的醫療活動，要兩人正常到校上課，於是她們照做。

茉時照做。

她會準時到學校擺好書包，去保健室躺著，接著在幾小時後翻出學校，進入星星樹林。

茉時熟知樹林裡每條好走的路徑。她習慣躺在林間一塊寬大的空地，雙手放在肚上，對刺眼的陽光冥思苦想，企圖弄懂神究竟有多偽善。當她恐懼蒼希或許去了醫院就回不了家，就凝神細畫星星樹林的地圖，放在每個她認為有人會需要的地方。

茉時用一趟趟的個人冒險，排解可能失去蒼希的焦慮。有時她會被潔寧抓個正著。無論她罵他白痴潔寧，要他回去上課，或者全然不理會，他都會一副可憐兮兮、慌不擇路的模樣，說什麼都要跟在茉時屁股後頭。

潔寧會縮身在後，將茉時視為阻擋一切可怕事態的掩體。腦內的恐怖想像令他氣色死白，他會叨叨絮絮，說明辨識林中動物足跡的方法，指出混入異種鳥群中的赤腹山雀，以及鑽木取火的注意事項。他不斷告訴茉時各種事情，以求能夠陪伴著她；她不斷嫌潔寧是個跟屁蟲，以求自己不會軟弱地哭出來。

這天潔寧沒來。茉時在進入樹林後下意識等了一會，覺得自己還真是傻氣。

她沿著前幾天大雨所形成的細小逕流，走過坑坑窪窪的溼軟土地。回過神才發現，水流帶領她走出樹林，抵達了電光烘焙行的後門。

十二月的微風將屋簷鑽得咯咯作響，恢復寧靜的天空上，鳥群正在陸續歸返。茉時站在父母拿來嚇唬孩子的傳說房子旁，忍不住好奇「新老闆」是個怎樣的人。

她繞行到烘焙行側邊，從背光面的窗戶窺探內部，霎時一愣。

電光烘焙店的新老闆，不若傳聞中躺在櫃檯後方。

他和蒼希都坐在櫃檯前的旋轉椅上，向著彼此談話。玻璃櫃面有個裝滿烈酒的威士忌杯，蒼希和老闆都拿起來喝過。

那是多麼奇異的畫面哪。

蒼希裹著一件茉時沒看過的皮外套，幾乎死去大半的身體倚著櫃檯，好比淋雨後變得透明的山荷葉，唯獨雙眼還透露著暖和的光。

「醫生說最多兩個月。」

蒼希啜飲杯中物，皺著鼻子一口吞下。老闆將杯子放遠，蒼希稍後又拿了回去。

「我沒有奢求太多，只希望再擁有多一點時間。」她隨即自嘲，「不過祈求生命，聽起來好像很奢侈。」

「妳不是為了自己。」

「不管為了自己，或是為了小孩……可能都是無聊的奢求。」

「在神明看來，所有人都一樣無聊吧。」

他說，逗得蒼希發笑。

「我十五歲第一次看見船屋。當時真的嚇了一大跳。我是獨生女，所以我爸大概很早就提醒過我會發生這件事。但你也知道，聽了也沒用……嗯。那船屋是我爸背著我媽偷買的一間小屋子，他喜歡到那裡釣魚，拋家棄子輕鬆一下。」

蒼希聳肩，老闆也揚起嘴角。

「我的『通道』長成船屋的樣子，我其實很開心。我一直沒有進去，因為想不到有什麼必要。可是事到如今，當我隨時都可能丟下女兒死掉，當我有可能失去一切，我忽然……」

蒼希停頓一下，端詳內心脆弱不祚的想望。

「不管這背後有著什麼力量，讓我們這種人可以看見通道，我忽然想要……祈求它的幫助。」

老闆分開雙唇，蒼希手掌一揮，一邊搖頭。

「我知道。你會說，事情不是這樣運作的。但我還是想試試看。」她柔聲強調，「一個隨時都會死的人，就會想去碰碰運氣。」

老闆握住酒杯，目光移向搖晃的酒面。

「可是好奇怪，我三十三年來都在忽視它，唯一一次進去，卻只得到一個任務：把我先生房間裡面摺在一起的幾張舊紙，帶到一個我完全沒去過的公車站，放在椅子上就離開。」

「但妳沒有離開。」

蒼希揚起嘴角。

「我繼續躲在附近，看到東西被一個路過的人拿走，就這樣。然後我忍不住想……所以這到底有什麼意義？我應該不會因為做了這件事就多活幾天，可是它到底意義何在？除了對我先生有一點愧疚，偷偷希望他永遠不要發現，我改變了這個世界的什麼地方？我根本看不出來。」

「通常沒人知道，任何一個作為會造成什麼影響。很少有人能看清全局。」老闆說。

蒼希將威士忌杯拿過來，仰頭飲盡。他沒再阻止。

「我知道。我們沒有資格許願。我們可以自願去做，但不代表我們的願望就能成真。」

蒼希的神情是那麼純粹，不存在怨懟，唯有一絲失望。

「但我想，我應該不會再進去那個地方了。」她說。

「沒關係，」他說，「妳可以按想要的方式過活。」

一週後，當綿綿冬雨浸溼韶光的每一扇窗，候鳥紛紛著陸，蒼希死去了。

醫生宣告的時限本已短暫，死亡的追趕卻連一眨眼都不到，快得像是隨便行事。

沒人知道蒼希為何出現在遙遠小鎮的湖畔，沒人知道她是否見了誰。在冬雨的影響下，案發地點找不出任何堪用的環境證據。法醫在顯微分析時發現有矽藻集中於骨髓，鼻竇一帶亦有出血，研判蒼希在進入水中時，有一定機率還活著。

✢

茉時第二次認知死亡，命運不再帶給她和煦的光，風只是陰陰散去，一點慈悲都沒有留下。

繼父將刊有消息的報紙收掉，說不想讓她和菀宜看了難受。隔天茉時翹課，逛遍韶光區每一家店，最後在電光烘焙行找到還沒丟的過期報紙。

她一邊憎恨世界一邊走進店內。

爬上玻璃櫃檯前的旋轉椅，揉成一團爛球的報紙就在那兒，像是等著她前來認屍。

「別看。」老闆躺在涼椅裡，臉上蓋著一本倒放的《預知死亡紀事》，半露的下巴爬滿鬍渣。

光聽他那兩個字，茉時眼裡就盈滿淚水。

她後腦熱燙，伸出幾乎失去知覺的冰冷小手，將報紙攤開。

女子溺斃湖畔　船屋曾為已逝父親所有

附在報導旁的現場照片，茉時再熟悉不過了。那是蒼希房裡素描本第一頁，布滿輕柔色彩的那幅畫。那是蒼希在外公下葬之日，拉起窗簾避而不看的船屋。蒼希不斷看見船屋，最後死在「屬於她」的那個地方，這裡頭有多少值得珍惜的家族傳承，茉時一點也看不出來。

「這是怎樣……」茉時目光低垂，闔眼調整呼吸，眼淚落在報紙上頭，一聲悶響。

「這是怎樣！」茉時尖叫著喊出幾字，雙拳捶向玻璃櫃檯。

「茉時……」

素未謀面的老闆，喚出她的名字。

茉時永遠忘不了他沙啞掉的尾音，以及書本微乎其微的顫動。

她總覺得她需要的答案，應該就在電光烘焙行才對。薄弱的記憶，指出蒼希與這個地點的關連。茉時幾已忘掉蒼希和老闆的對話內容，但她不服氣。

她明明曾經知道她明明曾經知道——一眨眼，茉時又不曉得了。她呆坐在母親坐過的高腳椅上，忘掉了蒼希的心願，以及那個心願終究沒有實現。
除了大發脾氣，茉時什麼也無法辦到。
老闆從工作褲口袋翻出菸盒，甩出一根細長的菸，塞到脣邊。他的另一隻手握著刻字的老舊打火機，半懸空中，不上也不下。
直到最後，他都沒有將菸點燃。

5

蒼希死後不久，繼父的工作似乎出了問題，且每況愈下。
他更常接到電話，更少坐在後院歇息，即使晚餐吃到一半，都可能臨時外出跟人見面。他會窩在廚房喝夜酒應付壓力，打更多電話、接更多電話，對全世界的笑容，只留在家以外的地方。
有天茉時放學，看見菀宜站在主臥室門口，單手摀著嘴巴。

繼父將蒼希的物品翻箱倒櫃，茉時正想出聲，就被菀宜拉往餐廳。

「他只是在整理媽媽的東西。」菀宜低聲說。

「整理？最好是會這樣亂翻。」

「可能他在找東西，找到就沒事了。」菀宜再次壓低氣聲，「妳先回房間，好嗎？」

二十分鐘後，樓下傳來爭執聲。

茉時靜靜離開房間，在樓梯口聽見繼父和菀宜僵持不下的對話，環繞著蒼希死去當日的最後行動。蒼希死去的三個小時前，打了一通電話給菀宜。繼父指控菀宜並未吐實，要求知道真相——但突然間，繼父停止發言。他半轉向樓梯，嚇得茉時不敢呼吸。

爭執結束了，成了災難的序曲。

失去優雅的繼父夜不成寐，漸在屋內裡釀出一股尋釁的氣息。

他在餐桌上稱讚菀宜越來越有蒼希的味道，聽起來是閒話家常，但菀宜低頭不語。菀宜初經來潮那日，他撞見菀宜清洗沾血的衣物，關心道是時候替她準備一些女人的用品，菀宜的臉瞬間慘白。他問菀宜為什麼不穿制服裙了？說她留長髮比較好看。他堅持開車去接菀宜上下學，因為韶光國中離家比較遠，不方便像茉時那樣走路上學。

茉時試著關心菀宜，菀宜只說最近功課壓力大，沒什麼。茉時發現，蒼希那獨自承擔的壞習慣，已在菀宜身上完美再現。她們老是露出強烈的守護慾望，將所愛的人擱在相對安全的角落，甘願以肉身抵擋傷害。

要是時光能夠倒流，茉時多麼想當著她們的面，告訴她們這樣不好。她想告訴她們，若你愛一個人，就該讓對方保有與你並肩作戰的資格。

但當時茉時不過九歲。她有些同學還在尿床，酷炫的大人樣，通常都是裝出來的。她對朋友謊稱蒼希病死，眾人很快就忘了這件事。或許是蒼希的期許作祟，她會因為心裡不好過而中途離開學校，卻沒想過不去上學。

她享受孩子的特權，將注意力從一切事物別開，直到黑雲壓城，一切轟然倒塌。

事情發生在上學日的一早。當時茉時正要下樓，細節已記不清，只知感覺到一個碰撞，整個人便天旋地轉滾至一樓，摔斷了手。

繼父疾聲驚呼，怪茉時走路不小心，連忙衝到她身邊察看傷勢。菀宜也奔跑下來，兩眼過分瞪大，臉色差得像是馬上就要窒息。

「我得送茉時去醫院了，」繼父說，「幸好妳也提了想自己去上學，今天就先不載妳了，快去上課吧。」

菀宜開始會傳訊息給茉時，說繼父心情不好，要她晚些回家。

茉時窩在明達家寫作業，偶爾就拿起跟潔寧借來的雙筒望遠鏡，偷看自己的家。也不知道繼父是不是發現了，後來面向明達家這側的窗，窗簾都是拉上的。

有次，茉時隔著窗簾，好似看見繼父揮打菀宜一巴掌。

她坐立難安，報警說家裡有人闖入。

警察走後，茉時回家，吃了一頓三人都不說話的晚餐。稍晚，她在嘔吐的噁心感中驚醒，試圖下樓喝點水時，又一次摔下了樓梯。

「茉時！」繼父聽起來嚇壞了，慌忙下樓檢查茉時的傷勢。

廚房傳來水杯的碎裂聲。

茉時虛弱睜眼，看見菀宜摀著嘴巴，扶著冰箱滑坐在地。茉時想呼喚菀宜，安慰她自己沒事，不過滑了一跤罷了，但很快，她昏昏沉沉地失去意識。

✢

最後的最後，便是五人組約定在小奉家看電影的那夜。

茉時是整件事情的全知者。

雖然嚴格說來，她並不明白事發當晚，利馬夜為何會穿越星星樹林的石板路，來到星星北的道路上。

嚴格說來，她當然也不知道，為什麼事情還可以變得更加絕望。

這天的一切，成了她生命中反覆播放的恐怖電影，時不時就從頭來過，永遠無法播放完畢。

時間差不多到了。茉時戴起藍芽耳機，背好背包下樓，準備前往小奉家赴約。她在期待等等大夥要看的電影，嘴邊哼著歌，聽見餐廳那頭有些聲響，像是有人在叫她。於是她拿下耳機，走了過去。

經過反覆回想，她才慢慢理解，從菀宜破裂嘴脣裡吐出的氣音，其實是「茉時，快跑……」。

茉時一開始以為，餐桌下那攤陰影是某隻受傷的野生動物。在這個靠山的蕞爾小城，次於人云亦云最多的東西，就是會入侵房屋的中小型動物。但那不是。

全身是血的菀宜癱趴在那兒，下半身裸露著，貼身衣物被扯至膝蓋處，背部的制服滲出長條血痕。

「菀宜！」茉時衝入酒氣沖天的餐廳空間，毛茸茸的棕熊拖鞋，刺滿細小的酒瓶碎片。她眼中暫時只有命在旦夕的姐姐，因此沒能瞧見冰箱旁的巨大陰影。

在碰觸菀宜的前一秒，茉時被猛然拎起，重摔至靠近後門的角落。那裡擺著一輛還裝著輔助輪的小腳踏車，她的鼻梁在這時挫傷。她暫時趴著，因為全身無法動彈。一點血液從額頭淌過她的眼角，她眨著眼，發現自己躺在一件如花散展的冬季制服裙上，軟軟的，還聞得到柔軟精的橙香，菀宜的裙子。

「從頭到尾，妳都知道是蒼希拿的？」

繼父的頸部以上全數脹紅，細心呵護的時髦瀏海被汗濡溼，結成尖束。現在的他，不再是韶光區居民所知的優雅先生，而是一種地獄的體現。

「媽媽一定是……不小心……拿走的……」菀宜躺著，奄奄一息，「她不可能會害你……」

「這背後至少有一整個組織在插手，妳卻要我相信，蒼希只是不小心拿走的？不小心？一切都是從這幾張紙開始的！」繼父抬起腳，每吼一字就踢踩一次菀宜，「一、切、都、是、從、這、幾、張、紙、開、始、的！」

茉時拉開尚有童音的嗓門，對著他長聲尖叫。

一次、兩次、三次。

「閉嘴！小鬼！我叫妳閉嘴——！呀——！閉嘴!!」

繼父大手一揮，將酒瓶摔向茉時頭部，造就了她下顎那道永恆的疤。茉時的眼淚一舉潮湧，微弱氣息和幾塊玻璃碎片在嘴裡急速顫抖。

「你不要打茉時……！」

菀宜往前爬，抱住繼父的腳：「她什麼都不知道……我求你……」

「所以我是不是叫妳老實說？這背後還有誰在搞鬼！是不是電光烘焙行那個男的？快給我說！呃啊啊啊啊——！」

他捉起菀宜的頭部往地上摔。

咚。

咚。

咚。

茉時止不住氣喘般的啜泣，無可救藥地奢想這只是夢境。

咚。

咚。

咚。

繼父再次拾起皮帶，鞭打菀宜早已皮開肉綻的背部。

「妳為什麼會有這幾張紙！」他吼道。

「我說了！是有人在校門口拿給我，說要還給我們的！」菀宜哭喊，「我看過媽媽拿走，才會知道它原本放在櫃子下面……」

「有人？有人是誰？妳也跟蒼希一樣在幫那些人，對不對?!」

菀宜哭喊著「對不起」，癱在地上的手臂探向茉時的腳踝，如臨死之人的顫抖，用力一推。

「蒼希死的那天，到底跑去船屋做什麼——?!」

「對不起……對不起……！」

「說——！馬上給我說——!!」他單腳跪地，朝菀宜揮拳。

菀宜再次推了一下，茉時向後退靠，肩膀碰觸到後門。

然後她明白了。

菀宜是在向**她**說對不起。

當魔鬼在側，人無法分辨什麼時候應該逃跑。

茉時用偷偷報警當作反抗，換來另一次全身損傷。茉時第二次摔下樓那天，廚房櫃面放著一罐老鼠藥，特地擺在那兒讓菀宜發現——茉時的食物中毒就是這麼來的。菀宜摔破水杯，殘存的希望也跟著熄滅。

她對繼父謊稱課後輔導，跑去兼了幾份工，並從家中的食品採購費用偷偷拿錢，計畫帶茉時離開這個家。但是太遲了。

茉時從不曉得寫著什麼的那幾張紙——被蒼希偷偷取走，又被人刻意送回的紙，如今扯碎了散在餐廳各處，似一地冥紙。

菀宜奮力將臉轉向茉時，近乎折斷的手臂用力一推。

茉時悄聲攀向後門，將所有眼淚一舉擦去。

門是開的。

她撐起身體，在黑夜中永遠離開了家。

6

過去每次向利馬夜談起這個夜晚，茉時總會跳過在家中發生的事。她的說明會從「我繼父在發脾氣，所以我逃出家裡，然後在路上遇見了你」開始。在某些版本中，茉時會從她和利馬夜離開潔寧房間開始說起；在另一些版本裡，茉時甚至連去了潔寧房間都沒有提。

但是這天，在帶點紫羅蘭色的深沉海邊，茉時前所未有地講述了一切。

或許因為整片海灘只有他們兩個，或許因為空氣中有溼潤的氣味，也或許因為利馬夜此時握著她的手。前所未有地。

✣

她穿著棕熊室內拖鞋——沒弄掉還真是奇蹟——全速奔跑，恐懼按在胸腔裡嚎叫，但出不了口，即使世界已經崩解，她的習得無助狀態仍舊跨坐在靈魂上方。即使向上天求救，也不曾獲得回應，所以難以視為選項。她能夠跑那麼遠，僅僅出於基因裡抹滅不掉的生物本能。那是腎上腺素的作用，與不抱信念的思維沒有關聯。

茉時驅使顫顫巍巍的身體，來到星星樹林連接南北的石板路口，跟另一個衝破黑暗的身影撞個正著。

「利馬夜……」她努力控制自己的聲音，以免直接開始痛哭。

但不知為何，她接著脫口而出的，是已不知多久沒有說過的那句話。

「請你……幫幫我……」

當下利馬夜的神情，和顯然哭過的憔悴面容——想必他也處在他的混亂當中。他聞言張開嘴，像想問些什麼，但從茉時的來時路，有急促的腳步聲正在靠近。

✢

潔寧沒開燈的房裡，他們三人緊握著手。

茉時記得自己有次被潔寧罵了一頓：她過馬路時什麼也不看，直線向前走去。潔寧從後方追上，跑到一輛輛氣憤按著喇叭的汽車前方，雙手高舉，懇請他們停下，還鞠了個躬道歉。事後他在路邊氣急敗壞地問她為什麼這樣做，像是快哭出來般大聲喊道「我可不想失去一個好朋友」。她首度發現存在於自己身體裡的那絲生無可戀，還有，當有人以一股大家都給我讓開的滾燙氣勢，先掩護妳再說（然後好好數落妳一番），那會成為多麼令人顫抖的力量。「活著是一種運氣！」潔寧曾在那個路口，大聲責備她。

茉時的眼淚是為此而掉。

在無邊的淒滄之中，他人手掌的熱，將汩汩血液化成了痂。

接著，潔寧頭也不回地趕赴樓下，去拖住追來的繼父，茉時和利馬夜則爬出屋外。他們沒人說再見，不再見面從來不是選項。

同一時間，轟然雷聲滾滾掀起。

星星樹林以難以置信的速度擴張成森林，窸窣退開的直通要道，這次延伸到了潔寧家的後方。茉時看過這個景象無數次了。不論她身在何方，森林總會蔓延到她面前，敞開通道，堅持著無聲的呼喚。

一個月前利馬夜慶生會當天，那是茉時第一次認出，這棟隨時間不斷靠近的建築物，長得就跟她家一模一樣。

極目望去，璀璨的向晚，陰森的屋體，像上天送來的挖苦。

而且不知為何，利馬夜竟然也看見了。

利馬夜的生日會，是整段時間以來唯一跟快樂沾上邊的事件。小孩忘掉殘酷的其中一種方式，是跟其他小孩待在一起。潔寧樂得都躺在地上了，小奉雀躍介紹著生日會的選曲哲學，明達跟不同人講著內容不一的八卦，柏莎阿姨就像一顆太陽。當天唯一承受痛苦的人，是壽星利馬夜。

他像仙女一樣漂亮的媽媽，在樓下親吻著茉時知道，但利馬夜不知道是誰的那個人——她決心一輩子都不告訴利馬夜，那人是誰的爸爸。

整個世界就是一顆生日蛋糕，而他們一起見證利馬夜的生日蛋糕被扔向地面，一次摔碎。

茉時沒發現自己哭了，只見利馬夜的眼眸一動不動，曾有過的光芒已然熄滅。那個瞬間他的灼痛，與她內心長藏的哀戚，靜靜碰觸了指尖。

對他們所有人而言，保護者的巨大身影就是全世界。就算荊棘突然從天而降，寄予無助的對象成為暴獸，就算是非曲直錯亂顛倒，他們也只知道惶惶縮起身子，無力抗衡或逃跑。

只得如此，直到被逼上絕望的崖為止。

於是，十五年前的最後一夜，茉時拉著利馬夜走向森林退開所形成的通道，離開了原本的世界。

✢

通過森林時，茉時聽見人聲穿梭於薄霧之中，談笑吆喝。通道看起來很長，可是走沒幾步就到了。有短暫幾刻，夜風吹開了清涼的霧氣，露出那棟房屋的模樣。經常被摔的大門顯得斑駁，牆上的塗鴉來自韶光區一些使壞的青少年——雖然有些大人堅持韶光區沒有這種人，但實際上，天底下哪裡沒有？每個細節，都跟她所熟悉的房屋一模一樣。

不過，眼前建築體散透著黃色的光，朝充滿星跡的林間夜空高高聳峙，甚至有些視覺上的彎曲。她聞到一種特徵鮮明的香氣，像是圖書館裡會有的味道，書本和潔淨有序的味道。

門開了，和茉時牽著手的利馬夜身體一軟，應聲倒下。

「利馬夜！」茉時驚叫。

「別擔心。妳的朋友不會有事，他只是暫時睡著了。」

一名妙齡女子走上前來。

她有著深綠色的明亮瞳眸，紅色及肩的髮絲輕飄飄的，尾端微微內彎，勾在精巧的下巴旁。

「妳是誰?」茉時謹慎發問,不忘看一眼女子身後敞開的門。該說合理嗎?裡面並沒有菀宜和繼父的身影,倒有一些專注的人,交錯走過視線可及之處。暄暖的光照耀茉時的臉,打亮她腳邊的一小塊地方。

「我叫珊珊,是來接妳的。」

茉時盯著珊珊,轉向地面上熟睡的利馬夜,接著再次看著珊珊。

「哦對,我跟妳的這個……好朋友,一樣都是混血兒。」珊珊指尖朝上,暫時沉浸在個人的思索之中,「確實,Corporation 裡面也有不少混血兒。」

茉時皺起了眉頭。

「哦抱歉,妳才九歲,怎麼會懂什麼 Corporation。」

珊珊輕輕嘆氣,似乎真心自責:

「請妳原諒我,我的國語從小就不好。到現在也沒有進步太多……」

茉時很確定從未見過這名女子,她為何知道自己的姓名、年齡,還有利馬夜是混血兒?巨量的疑問一舉降臨,戒心使她僵起肩膀,微微後退。

「茉時,在妳眼裡,這棟房子是什麼樣子?」珊珊問,「走進這扇門,就會通往我們全體稱為『圖書館』的地方。但在每個人的眼裡，它會化成許多不同的形象。從我這邊看過去，」珊珊轉向房屋一晌，「它是我爺爺的老家。而我叔叔看見的，是一棟火車站。還有，在我一個很特別的朋友眼裡，它是倫敦特拉法加廣場上的國家藝廊。茉時，妳的圖書館是什麼模樣？」

「是我家。」

曾經屬於茉時、菀宜和蒼希的房屋。她們與惡魔共住的房屋。

「謝謝妳告訴我。」珊珊的笑容格外柔和，彷彿這一切別具深意，「雖然利馬夜現在睡得很熟，如果他曾經看過圖書館，那也會是與他自己非常有關的地方。或許有天妳可以問問他。」

茉時搖搖頭，聽得懂每個字眼，但掌握不住全面的意涵。蒼希看見船屋，最終死在船屋，因此茉時一度認為，她看見的房子也代表著未來的葬身處。要不是別無選擇，她根本不會走進森林，更別說是進到房子裡頭了。

還有，珊珊說「有天」是什麼意思？

那必定不是今天，也不是明天。

「圖書館會幻化成對我們這種人具有特殊意義的地點。我長大後才慢慢明白，它似乎跟我們人生中的重要課題息息相關。」珊珊說，「我也碰過一些人，說他們的圖書館曾經改變形象。當它長成了不同的樣子，或許就代表著，我們已經克服或學會了什麼，跟過去的自己不一樣了。」

「我們這種人……」茉時並未意識到自己的輕喃。

「總之，茉時，如果妳願意的話，請妳跟我來。」

珊珊伸出手，對茉時的一動不動了然於心。

「茉時，現在我必須對妳說一些非常殘忍的話。可是我向妳保證，以後我都不會再這樣了。好嗎？」

那雙綠色眼睛流露著傷感，珊珊是真的不願如此。

茉時確實感覺殘忍即將來到，但沒預料到會是這種內容。

「就在現在，晚上九點五十一分，妳的姐姐方菀宜已經死了。」

珊珊說得很慢，像想拖緩這些語句刺傷茉時的速度。

接連好幾秒鐘，茉時耳中有嗡聲持續轟鳴，傳遍她空蕩蕩的內心世界。

「接著不久之後，那個男人也會殺死妳。妳會死。這次沒有人能夠幫妳。但如果妳願意相信我，跟我一起進入圖書館，妳會受到庇護。妳的死亡時間會從九歲變成三十七歲。然後未來，在二〇四七年十月十日，會有一個十三歲的女孩因此得救。」

茉時再次退後。

惶惑和混亂將她淹沒，她已經來到已知世界的臨界點。

「如果妳現在選擇轉身就走，就像我剛剛說的，妳在今年就會死去。到了二〇四四年，有艘油輪會在太平洋遭到導彈襲擊，引發幾個國家間的大規模戰爭。」

茉時搖著頭，棕熊拖鞋的後端碰撞利馬夜的手臂。

「還有……利馬夜，會把妳的死當成自己的責任。」

珊珊放輕聲音：「他會在五年之後自殺身亡。」

7

從海邊回家那晚，茉時和利馬夜煮完燉牛肉，在沙發上看了一部恐怖電影，道過晚安，如常分頭回房睡覺。

艾納．利馬的房裡有扇傾斜大天窗，入夜後澄澈透明，平時則能隨天色變更色澤，遮蔽過多的熱與光。利馬夜將家中裡裡外外大幅翻修，在各處加上新年代的科技設備和隱密暗房，幾乎打造出一棟全新的房屋。這扇天窗是利馬夜最自豪的設計之一。窗面朝著極軸方向，因此茉時可以從星座轉動的約略角度，來估算自己失眠的時間——潔寧教的事情，意外可以派上用場。

她忍不住想像，隔壁房間悄無聲息的利馬夜，記憶或許正似一把沙般細碎流失。他會是怎麼忘掉她的呢？又怎麼知道她將從森林歸來？一個主宰者不明的特殊維度，為何能物理性地容載人的身體，並影響人腦中微不足道的記憶訊號？茉時的心對這一切妥協地吵鬧著。

她沒有理由中斷使命，但她並不希望利馬夜忘記自己。

猶記小時候，她總覺得老在碰見利馬夜。他們的班級明明不同，去倒個垃圾也遇到，去送個班級日誌也遇到。明明居於不同區域，在星星北也遇到，在星星南也遇到。她為此罵過利馬夜是跟屁蟲，換來一番富有異議的抗辯。但是後來她發現，其實偶遇每一個熟人，包括潔寧、小奉、明達的次數，實際上都差不了太多。

她只不過是在利馬夜出現時，留下了特別深刻的印象。

比如，臉上有傷的時候。想瞞著大家，偷偷替自己換個藥的時候。菀宜傳訊息來要她先別回家，因為繼父正在發飆的時候。穿著棕熊拖鞋逃出家門的時候。

還有，當她回到「這邊世界」的時候。

那經常是她準備獨自應戰，有些寂寥的時刻。接著就像有首德文歌唱的，Dann kommst du，然後你來了。我想念著你，然後你來了。

近乎無聲地，房門敲響兩下。

「妳還醒著嗎？」利馬夜悄聲詢問。

是的，我還醒著，而且想著你的事情——這是一句她永遠不能說出口的話。

「你睡不著嗎？」

「如果妳還不睏，我想再多問一點……那個地方的事情。」

看來記憶流失的速度，並不如她所想的那般快速。

茉時打趣地假設，說不定圖書館的意志在夜裡也歇息著，抑或就像電腦那樣子，隔段時間才會清理一次人類腦內的暫存檔。出於不明原因，此刻在她門外的人，仍然是在海灘上聽她講述人生事件的利馬夜。他仍然是那個明白她一切苦衷的人。

「Dann kommst du.」她輕聲說。

「還是，妳現在睡著了？」

茉時朝房門伸出手臂，畫了個松松教過她很多次的空氣手勢，當作回答。

喀啦，門開了。

第一次，她成功隔空將門打開。

利馬夜輕手輕腳走入房裡，眼睛在黑暗裡眨呀眨，帶著幾分陌生。她稍微挪開身子，他躺上床鋪，棉被很快暖了起來。他們暫且望著夜空，接著當英仙座翩翩升至天頂，茉時又講述了多一點不被允許述說的故事。

那是十五年前，她第一次消失於人世間的時候了。

茉時問珊珊，那現在呢？

✢

當時，她們正在圖書館的主建築物內環，屏息仰觀圓形的天井。有幾秒鐘，它看起來有無限的樓層。一段時間過後，茉時漸能看見空橋、掛在中庭邊的垂綠，還有最上方，一扇以謎樣規則改變著排列的機械拼花頂窗。

「妳可以去做任何妳想做的事。跟任何人談談話，到處走動。別怕迷路，只要往前走，自然就會抵達想去的地方。」

珊珊將手輕放在茉時肩上，一陣花草香飄散過來，不知為何令她安心。

「剛開始會覺得這個地方很繁複。妳可以把它視為，一個裝著這世間所有隨機事件的混沌資料庫。哎，對不起，我又講了太難的詞……嗯，簡單說來呢，每一個進得來『圖書館』的人，都必須在這裡面蒐集資料、拼湊線索，去完成一些既定的使命。」

「……是工作嗎？」茉時的注意力投向一個在對面走廊奔跑的男人。他倉皇失措，跌了個狗吃屎，看起來非常痛，但他又馬上爬起，對著來去人群大聲吆喝，想要叫住某人。

「無論如何，妳都有權決定是否要去執行那些使命。就算什麼都不做，『圖書館』也還是會庇護著妳，沒有人會責怪或懲罰妳。」珊珊說，「我提過我叔叔吧？他這一輩子曾經遇見圖書館好幾十次。咻，就那樣出現在眼前，但他從來沒想過要進來。因為他**決定**不要進來。嗯……除了一次啦，當時我惹了很不妙的麻煩。」

「我……什麼都不會。」茉時抬起頭來。

或許她真正想說的是，她什麼都不想搞懂，她已經累了。

珊珊的眉宇掠過俏皮神采。她探頭確認走廊兩端暫時無人，抱起茉時，讓茉時坐到中庭邊牆上，雙腳垂放在外頭。現在，兩人的視線等高了。

「重要的不是年齡，而是一個人的心。」

珊珊將手掌停於半空，承接茉時伸來的小手。

「我知道，現在講什麼都太早了。妳很疲憊，也暫時不能回去原本的世界。在妳覺得休息充足之前，妳可以什麼都不做。等妳準備好，我想我們之中一定有人可以提供協助。這是一個共同體。或者，如果妳想要，也可以跟我住一陣子。當然啦，這是指我在原本世界的住處。」

珊珊領著茉時向後轉，隔著大片落地窗，望向一塊方形的中庭。

「看到了嗎，在中庭那裡，有一道紅色小門。」

「外面有什麼？」

「妳是自由的。」珊珊輕握她的手一下。

「如果妳想要，隨時可以走出那道紅門，去尋找答案。然後當妳回到圖書館的建築物，也就是這裡，有時候我不會在，妳可以跟大家探聽紅髮的珊珊，他們會有人通知我。茉時，當妳需要的時候，我就會出現。在這裡的每一個人，只要個性別太古怪，都會願意解答妳的疑惑。妳想問遍『圖書館』所有已知的特性也好，探討這裡究竟是由什麼力量建造出來的也好，想幫忙在這裡頭打造微中子探測儀也好，去跟一些學問高深的人學習也好……妳可以奮力嘗試任何事情。從現在開始，直到永遠，妳都不會再是一個人了。」

珊珊輕撫茉時顴骨上的瘀痕。

是在那一刻，她成為了「他們」。

「然後現在，我會去別的地方做自己的事，讓妳擁有自己的時間。因為我知道，我那些殘忍的話讓妳非常難受。妳其實根本不想思考這裡的事情。妳只想要好好哭一下，而且不被別人看到。茉時，這是沒關係的。沒有關係的。」

珊珊擁抱茉時，貼心地裝作沒看到她的淚水。

在珊珊留下的淡雅香氣之中，在圖書館中庭不知幾十樓的邊牆上頭，茉時彎起雙腿，將頭靠在那兒低泣。

菀宜死去了。為她爭取餘生的菀宜死去了。她逃出那個無情的世界，跨越臨界點，進到這個深不可測，又莫名人潮如織的地方。

在這邊世界的人，閱讀、交談、討論、走動，彷彿對自己的人生任務再清楚不過。而她呢？手機收不到半格訊號，電量正在急速下降；儲存在記憶卡裡的照片，全數閃爍著寬度不等的雜線。她對「五人組」的群組打字，但訊息無從發送。**我還活著**，她如此打字，望著動彈不得的字句淚如雨下。

十五分鐘後，她跳下圖書館的天井邊牆，直線穿越落地窗外的方型中庭，走出了紅色小門。

✢

「利馬夜，你是不是也看過圖書館？」

「我覺得我應該看過……三次。每一次妳都在。」

「但你並不是『我們這種人』。」茉時知道，因為她問過珊珊。據說這是一種與血緣傳承相關的特性，資格寫在基因，而非靈魂裡。

「這聽起來好像有一點排外，」利馬夜投來略帶挑釁的目光，「妳找到比『五人組』更棒的團體，於是就不回來了。」

「才不是什麼很棒的團體，」她的眼睛淺淺笑著，「利馬夜，你知道沒有什麼可以直到永遠。包括五人組在內。」

「就算分開了，也可以再見面。所有人都一樣。」

「事情有那麼簡單嗎？一旦忘掉了，就什麼都沒有了。」

「那就再想起來吧。只要再想起來就行了。」他說，「說不定是因為這樣，我才能夠看見圖書館，然後我也看見了妳。這才是最重要的。」

「因為你很努力嗎？」
「因為我想努力。」
利馬夜的瞳孔在弱光下微動，看起來跟她同等平凡。他靜望她臉上的一些細節。她也是。但也是她，翻了身面向夜空。
「在你眼裡，圖書館是什麼樣子？」
脫口而出時，茉時突然想起珊珊多年前的話。當時珊珊告訴茉時，或許有天可以問問利馬夜眼中的圖書館，究竟長成什麼模樣。「他們這種人」的發言，某種程度上總會成為讖言，即使是她，也容易為此內心一震。
「是妳家的樣子呀。」利馬夜笑道，不曉得在滿意些什麼。
「難道我是你的課題嗎？」
「妳，是我的寶貝。」
「無聊。」
在平淡語氣之下，她必須很費力地盯著星星，才能克制轉向他的衝動。
但利馬夜並未克制，因為他需要的從來不是星空。

那天夜裡，利馬夜入眠後，茉時從他的臂膀裡鑽出，悄悄抽出他口袋裡的舊紙條。她將利馬夜仰賴的筆記撕成細小碎片，握著伸出天窗外頭。月光照耀她裸著的身體，手掌一開，紙片隨即散去。

8

二〇二九年回歸的時候，茉時嚇了很大一跳。

她從來不覺得自己前往「圖書館」已經十年。兩個世界存在著時差，這點道理她是知悉，但親身體會未免有些手足無措。

她是個歸返家鄉的旅人，處處格格不入，但不後悔。她覺得這跟下雨的時差若合符節，凡事到頭終有時，等雨趕到該赴之處，也就落下了。她的人生不再是由「這邊世界」的刻度來計算，也包含著「那邊世界」的行路。

在不為大多數人所知曉的「那邊世界」裡，她花了相當長的時間，沉浸於極度的創痛之中。離開紅色小門後，她不斷直線前進，去了一個相當遙遠的地方。而「Corporation」也如珊珊所說，任她憑著自由意志，在沒有涯際的邊陲地帶長久蹉跎。

✢

門的另一頭，最初是全然的黑暗。

身體自然而然跨出步伐，茉時沒想過停下來，內心坦然無懼。

她漸漸感覺有風掃過腳踝。

接著突然，一聲長長的象鳴。

黑暗正在轉淡。她繼續走，腳下傳來踩碎草莖的脆聲。樹在搖晃，天際浮現粉紅。最終溢彩流光，她踏上了五歲時夢見外公的那片崖上原野。

但站在那裡的人不是外公，是蒼希。

「媽媽……」

「茉時？」蒼希拿下草帽，好似有些驚訝，「妳怎麼會……」

茉時撲上前去擁抱母親，草帽順風飛去。

「妳沒有死嗎？」茉時流淚，「妳還活著？」

「原來我死了啊……」

蒼希輕撫茉時的背，扶茉時坐下：「也對，這樣合理多了。」

「我們回去吧！我們回家！」

蒼希搖頭，茉時也搖頭。

「為什麼不行！」

「因為我只是儲存在圖書館裡面的，一個記憶片段而已。」

「什麼？我不懂……我……」

「那天我進來圖書館，找到一個任務，打算去做。妳現在看到的，就是我當時被圖書館保留下來的意識。」蒼希說著苦笑起來，「對自己的女兒說明這個，感覺好奇怪哦……」

茉時用雙掌蓋住糊成一片的視野。

「妳不是真的蒼希嗎？」

「應該說，我只是一個複製的版本。我擁有從蒼希出生，直到她進來圖書館那天的記憶，但是並不知道後來她發生了什麼事。」

「所以妳不知道，菀宜……」

「菀宜怎麼了？」她笑。

茉時的雙脣緩緩閉攏，眼淚順流而下。

眼前的蒼希看起來很快樂。茉時不忍以任何方式傷害蒼希。這個版本的她還不知道，那份任務將會使整個家變樣走調。有了這份念頭後，茉時的心再度恢復漠然，眼前的蒼希感覺起來，也更像科幻電影會出現的仿生人了。

「妳知道叔叔都在做什麼嗎？」

「他很神祕，對不對？」蒼希的回應一貫天真，「可是他有他的溫柔。」

「他在做什麼壞事嗎？」

「這我就不知道了。他有嗎？」

即使香氣、觸感、聲音、充滿愛的眼神，都跟真正的蒼希一模一樣，這也只是一種幻覺。茉時寧願自己還未意識到這個事實，還能把眼前的蒼希當成真的，可是她已經沒辦法了。

「妳為什麼……要跑去外公的船屋？」

「我嗎？嗯……」蒼希的食指敲敲下巴，「這跟我的死有關嗎？」

茉時點頭，隨後搖頭。

「我也不知道。妳在船屋溺水了。」

「早知道就聽外公的話去學游泳了……」蒼希感到有趣，有如談論著他人的死亡，「外公總是知道很多事情呢……」

「妳真的不知道嗎？」

「至少直到我進圖書館這天，我都還沒有想過要去船屋。」蒼希說明，「所以說，有可能是之後發生的事，讓我做出了那個決定。」

「那……妳為什麼從船屋打電話給菀宜？」

「是哪一天呢？」

茉時說出日期，猶豫之後，再加上法醫推斷的死亡時間。蒼希沉吟著。實際上這只是一臺擁有蒼希思緒的電腦，運算著可能的答案。茉時別開眼。

「哦！」蒼希雙手一拍，「我知道了！」

茉時的後腦杓穿過一陣哆嗦，並微幅出汗。

「如果那天我不在韶光，那我一定是想提醒菀宜，去電光烘焙行幫我拿禮物。」

「……禮物？」

「妳不是很喜歡聽一些老歌嗎？我跟菀宜想偷偷買禮物送妳。」

「為什麼沒事要送我東西？」

出乎意料的話題方向，讓茉時有些不知所措。

「送禮物給自己喜歡的人，哪需要挑時間呀？」

蒼希語調甜蜜，眼睛笑成彎線：「可是我們都對自己的品味沒有信心，所以我才麻煩電光烘焙行的老闆幫忙挑。妳找時間去他那裡拿吧？」

茉時去過了，一次，氣氛不太好。

「那菀宜為什麼不告訴叔叔……」話到一半，茉時停頓。

她想起，繼父懷疑事情會搞砸，跟電光烘焙行的老闆有著關聯。繼父曉得蒼希認識電光烘焙行的老闆嗎？或是他知道，跟他作對的那批人可能是誰？那麼菀宜呢？難道菀宜是怕說出實話，繼父會轉而認為茉時知道些什麼？

她就為了這麼蠢的理由，而在廚房的地上死去了嗎？

這到底算什麼？

「我恨妳們！」茉時開始哭。

「傻孩子。」蒼希擁抱她，梳理她的頭髮：

「這句話的意思其實是：妳很愛我們。」

現在，她永遠都不會知道真相了。

蒼希為何去船屋、繼父有什麼計畫被蒼希打亂，繼父為何那般懼怕，懼怕得最終斷絕了菀宜的性命。茉時只找出蒼希最後一通電話的真相，如此平凡無奇，平凡得令她痛不能言。

一陣風起，那頂被吹向前方失去蹤影的帽子，又從後方被吹了回來。茉時縮著肩膀靠在母親腿上流淚，直到第四次看見草帽飄過，才終於緩下。

「茉時，妳進來圖書館，是誰在照顧妳？」

她擦去眼淚：「珊珊。」

「她對妳好嗎？」
「嗯。」
「電光烘焙行的老闆，妳可以想成……就是我的珊珊。」
「所以他……也是可以進來圖書館的人？」
從蒼希的手掌，茉時感覺到清楚的脈動。此刻她比蒼希更接近死亡，而蒼希比她更接近活著。
「如果妳需要幫助，就去電光烘焙行吧。妳可以相信他。」
茉時盯著像張單調畫布的淡藍色天空，草帽第五次由後往前飄過。
風被困在這裡循環著。好似她的人生。
「我只相信妳。」她說。
「可是我已經不在了。」
「那我就永遠待在這裡。」
「但我只是一份意識。暫存的意識。我終究會消失。」蒼希說，「對圖書館而言，我只是個關係沒那麼緊密的過客。我沒有執行過太多任務，所以不像其他人，在死掉之後，意識還能一直保留在這個維度裡面。茉時，那就是圖書館。靈魂的圖書館。它儲存了無數的意志，還有那些意志畢生的無數選擇，所以能夠預測未來。也有人告訴過我，那是在『測試』未來。」

「不管。我不要。」

茉時皺著整張臉，覺得這一切根本太過蠻橫。她才不管圖書館想要怎樣。她只想要……只想要……她不知道。

她不知道自己想要什麼，對活著已經毫無想像。

「其實我連為什麼會跑來這片草原，都搞不太清楚。這裡是哪裡呀？下面有海，妳看見了嗎？」

「是我夢過的地方，」茉時說，「上次我在這裡見到外公。」

「所以大概是因為……妳很想見到我吧？」

「嗯。」

「茉時。」

「嗯？」

「不用那麼快站起來沒關係。」蒼希說。

茉時拱背縮緊下巴，兩個拳頭靠近鼻前。

「在最難過的時候拚命向前跑，不代表以後就不會再碰到難過的事。」

「好爛……」

「而且也未必每次都能成功站起來哦。」

茉時閉上眼，沉沉呼氣。

「所以要是被擊倒在地上，就多躺一下吧。等覺得可以了，再站起來就好。」

「……嗯。」

臉上碎掉的眼淚，被風給吹乾了。

利馬夜告訴過她，有種水母在長大後會再變回小孩。起初她很震撼，可是很快，她又開始無由傷感。她總覺得那不叫做不會死，而是不斷地死。

除非肉體死亡，否則永遠都將困在一次次的循環裡頭。就好比人類。她的靈魂無疑碎裂掉了，幾乎斷了氣息，而母親的殘影卻告訴她，活著，就是靈魂不斷碎裂的過程。還要幾回才會結束呢？

草帽第十五次飄過時，茉時朝天空伸直手臂。

她睜開眼。

草帽先是離開了風，接著緩慢降下，最後被她穩穩接住。

✢

後來，等茉時再度穿越紅色小門，回到建築本體，她接受了「圖書館」賦予她的任務。母親的意識在圖書館的邊陲地帶，被圖書館不作聲地代謝清除，而她回到現實。

利馬夜衝進星星森林撞見她的那夜，是她首次回到「這邊世界」。

當年冬天，茉時在基隆港邊，和一個身穿藍襯衫的男人會面，告訴對方該在二月二十二日前往吉爾吉斯。藍襯衫僅是點頭，半句話都沒說，就消失在人群之中。那是茉時被寫定的第一個任務。

第二年四月二十四日的午夜，她在景美溪畔，朝空中釋放了兩發信號彈，一紅、一藍。這件事後來登上電視新聞，但沒有監視器拍到她的身影，案件不了了之。

第三年某個夏日，有位女人來到茉時的學校，要她「回圖書館轉告恩格勒撤銷告訴」。茉時短暫進入仍長得與舊家無異的「圖書館」，在擺放動物頭骨的大廳打聽恩格勒的情報。數分鐘過去，一名看來只有五六歲的白髮孩子現身，接下了她所要傳遞的訊息，而後離去。

第四年，也就是去年的八月九日，茉時正在一個露天咖啡廳等待松松赴約。一名年邁的老人行經桌邊，低聲說了句「明年記得祝明達生日快樂」，茉時連老人的面容都沒看清。後來，她照做了。

除此之外，茉時還做過許多效應難辨的任務。她並不曉得撕掉一張陌生告示、用車子暫時堵住某條巷弄、傳話給陌生人、在超市外的傘筒放傘，這類渺小到極點的舉動，究竟能夠成就什麼事件的發生或消滅。

一個「圖書館人」可以畢生不停執行這些小小的刻意而為，同時保持自己在真實世界的身分與生活。一個「圖書館人」也可以反其道而行，在圖書館裡四處打聽情報，試著判斷任一項任務的影響標的，甚至可以決定不去完成——但據說未被完成的任務，仍會恪守面貌不明的高深意志，在他人的任務清單中重生。

根據珊珊及其他前輩所言，雖然「圖書館人」長年遵循著群體議定的規矩，詳盡記錄、分析著每條事件線及作為的後續效應，在某些狀況下，仍得經過漫長時光，才能辨認出單一線索的終極影響。全局籠罩著時空的濃霧，沒有神諭或慷慨的解釋從天而降，唯有無盡的零碎指示，詮釋端靠個人努力。「圖書館」就是這麼一個，不帶柔情的世界。

「我以前覺得這實在太不可理喻了，」珊珊如此評論，「就像沒有薪水的超時勞工，還不曉得自己究竟惹出了什麼麻煩——妳根本不會曉得，自己是救了一個人，或是殺掉了兩個人。」

在難以窺視的地方，在「圖書館」的靈魂深處，一股力量孜孜不倦地支配著「他們這種人」，推動無數事件在世間發生。行為的後果無人問責、無從問責。

茉時漸漸明白了混沌的可怕之處。思想篩選作為，作為造就更多思想，形成更大的作為。她看過一部很老的小說，裡頭假設當某個人知曉未來，代價是成為因果律的傀儡，再也無從擁有目的，只得複沓預先窺見的每一刻。她所體會到的真實，則沒有那麼簡單。他們知曉每一階段的不同做法，將會導致數種版本的未來。每一次干涉都衍生下一階段，接著可能性再度洗牌，版本不斷改變，走向既可能符合原先的期望，更可能完全沾不上邊。最可怕的是，你的期望可能會有所改變，但是干涉已經無法收回。

茉時有時覺得，高深意志執意完成它的牌局，所以用揭示未來當作餌，豢養圖書館人替它行事。另一些時候則覺得，是圖書館人在豢養著高深意志。他們做與不做，順從為之或反其道而行，時時刻刻干擾著全局。也因此，這局牌永遠都打不好，永遠打不完。

不論如何，茉時都做出了選擇。

她已經決心這樣活著，她決定和使命餘生共存。

9

某個利馬夜出門參加「防禦線」行動的午後，潔寧騎著檔車現身，載茉時去了一趟「電光烘焙行」。兩人進到店裡時，原本閃爍的日光燈啪嘰燒出黑煙，嚇得潔寧肩膀一震。

「我總覺得，這盞燈從十幾年前就在閃了。」茉時踩踏角落的一疊舊紙箱，用力一蹬，試著探向燈泡，但高度不夠。

櫃檯後的涼椅空空如也，收音機歡唱著節奏很棒的歌曲，沖散了陰涼空間裡的些許寂寥。

「這是〈Solsbury Hill〉！」潔寧張嘴傻笑，點頭打起節拍，「彼得．蓋布瑞爾離開『創世紀』樂團時寫的歌。」

他揮舞手臂唱道：「My heart going～ boom! boom! boom!」

茉時也感染了一點歡欣鼓舞：「好像是現場版本。」

兩人靠坐到櫃檯邊的旋轉椅上，搖搖擺擺玩了一下。

「好，茉時老大，現在妳該說了。我們特地來電光要幹麼？老闆好像又跑出去閒混了。」潔寧撐著櫃檯探向後頭，什麼人也沒瞧見。

「小奉買了一臺烤箱給我。」

茉時在玻璃櫃面上找到幾條長短不一的生義大利麵條，看來那個傳說是真的。

「應該說，是買給我的，但是現在放在阿夜家，因為我……」

「已經正式跟阿夜結成連理。」

「不對。是因為我之後也不會用到。」茉時比出槍的手勢，戳在潔寧的臉頰上。

潔寧暫且乖乖不動。

「好好哦……小奉只會寄毛衣來給我穿。她是不是離開太久，忘記這裡冬天有多熱了？」

「如果你很想要烤箱，之後也可以給你。」

「茉時老大，此話當真？」

「但我有件事想拜託你，潔潔。」

「不許妳叫我潔潔。」他的神情瞬間肅穆。

「潔潔，我們為什麼要來這裡呢？因為兩週之後……」

「哦，是阿夜的生日！」

「對，所以我們要來蒐集材料，然後你會做一顆蛋糕送他。」

「好耶！」潔寧歡呼，「但……為什麼是我？」

「因為你體貼惹人愛，長得又像抖森？」

「這倒是真的，」他聳聳肩，「但他現在已經老了。」

茉時指向潔寧從出門時就幫忙提著的帆布袋，手指在空中輕轉一圈。潔寧探手入內，掏出一本有些泛舊的《打造完美起司蛋糕》，他張嘴點頭，像在讚嘆這整件事的智慧。

「這是我在利馬家的書櫃找到的，你看，有兩頁摺角。」

潔寧翻動頁面，大聲朗讀：「蛋糕內部、麵團以及表面皆使用芒果，製作出濃郁的香氣……」

「你覺得，阿夜喜歡吃起司蛋糕嗎？還是別的？」

「草莓奶油蛋糕！」冷不防地，黑壓壓的角落傳出高喊。

茉時倒吸一口氣，潔寧則瞬間躲起，隔著她的肩頭探出眼睛。

兩人轉向那個角落。

成堆的紙箱即漸隆起，紋著槍與玫瑰的手臂倏地探出，破空衝到高點，接著是另一隻手。那雙手僵硬不順地彎下，奮力拉開一片片摺平的紙箱——

電光烘焙行的老闆坐起身子，打起震天價響的哈欠。

茉時呆望著自己剛踩過的那疊東西。

「老闆！你幹麼睡在那裡啦？」潔寧大喊，「很恐怖欸！」

「草莓奶油蛋糕！」

老闆擠弄整張臉，做起臉部體操，一邊伸展雙臂。

「你們就……幫那小鬼做個草莓奶油蛋糕吧。」

茉時拎起蛋糕食譜：「可是……」

「相信我。」老闆瞇起眼睛。

此時歌曲唱到「My heart going」，老闆一個抬頭，轉向潔寧。

兩人齊聲唱道：「boom! boom! boom!」

茉時總覺得，自己也開始有點喜歡這首歌了。

✢

隨後他們回到利馬家，茉時向潔寧介紹每項用具的位置，並再次複習生日當天的流程。

潔寧彎身靠著水槽，兩隻大腳掌一齊拍打著地面：

「奉奉之命我們都得保守這個祕密。因為她明天就會偷偷回國——這是驚喜，她終於學成歸國了，戴著一副要價十萬元的墨鏡。兩週之後，在明達帶阿夜出門亂晃的時候，小奉會跑來幫忙布置這個家。然後我，體貼惹人愛的我，負責烤這個蛋糕……」

「草莓不要太早買。」坐在餐桌旁的茉時握著咖啡杯，出聲提醒。

「草莓不要太早買。」潔寧抽出耳朵上的筆，記下這行字。

「小茉老大？」

「嗯？」

「說真的，妳為什麼要這樣？」

像是終於受不了那般，潔寧放下紙筆。

「我也有幫你沖一杯呀！」

小茉下巴微揚，朝向留給潔寧的杯子：

「雙倍奶精，加五顆糖。口味就像小孩子。」

潔寧也坐到桌邊，啜了一口甜得像果汁的咖啡。

「好喝？」

「嗯，好喝……但我不是要說這個，」潔寧端正神色，「妳不能這樣對阿夜，當然，還有我跟大家。」

「你是指……把所有人聚在一起慶生？」

「老大，我們把話說白，不要再兜圈子了。阿夜這十年來……有些時候，是很隨便過活的。如果妳看過他整頭染成螢光橘，舌頭上穿著三個舌環，每天跑去『滲透暴力組織』的樣子，就會知道我在說什麼。他還真的探聽到不少境外情報哩。他是不是很有作亂的天分哪？但那先不談，這個家……」

潔寧環顧偌大的室內。

「把他搞得很糟糕。我有時候害怕，他可能根本不願意好好過活了，這裡的過活是指，不受傷、會笑，會主動去吃想吃的東西，每天睡超過四個小時。他一直在用一種很暴力的方式，消耗著自己的身體。」

「不知道他染螢光橘是什麼樣子。」

茉時帶著笑意，但潔寧嚴肅莫名。

「妳好不容易才回來的……妳回來的時候，大家有多高興，阿夜有多高興，妳知道嗎？」

「我知道。」

潔寧手掌一抬，指向放在水槽旁的紙筆。

「我可以做蛋糕，可是我希望妳也在我們身邊。在這個計畫裡面，妳扮演著什麼角色呢？妳的任務是什麼？就算妳什麼都不想做，那也沒關係。但為什麼我有一種感覺，在那之前妳就要走了呢？」

茉時嘴脣微動，但只有這樣。

「十五年前出事那晚，妳知道阿夜跑去星星北，真正的原因是什麼嗎？他那個懦弱的老爸就算了。他媽媽艾納，連顆蛋糕都不肯幫他做就離開家了。現在呢？妳打算給他一顆蛋糕，然後離開。我真的分不出來，妳跟他們誰比較殘忍。」

茉時抿起下脣，順從接受潔寧灼燙的目光，感覺就像回到多年前的路口，他質問她為何隨意虛擲活著的運氣。潔寧沒有半句說錯，在必要的時刻，他總是懂得必要的坦誠。

過了一陣子，茉時從深長的無地自容中，意識到了一件事情。

「你知道……阿夜那晚……為什麼跑到星星北？」

潔寧從錢包裡抽出一張紙，放到茉時的杯子旁。

「這是艾納跟柏莎阿姨的對話。我當時錄下來拿給阿夜聽，問他這是在說什麼。他說，她們兩個在聊他小時候很難照顧，還有很擔心他怎麼會出事，之類的。然後呢，最近我心血來潮，想拿出來回味一下這小子有多調皮，順便考驗一下自己的西班牙語能力……」

潔寧停了一下，望著茉時。

「人要是欠缺正確的理解，就很容易受到蒙蔽，不是嗎？阿夜不想讓我知道他發生的事。就像妳也不想讓我們知道妳發生了什麼。我愛你們這些夥伴，所以我都沒問。可是我**現在**懂西班牙語了。我聽懂了，就像我知道妳要走了。妳覺得我能雙手一攤，什麼都不管嗎？」

「潔寧……」

「妳讀一讀吧，」潔寧說，「讀完再回答我的問題。妳還會是我最好的朋友之一。不管妳的答案是什麼。」

✢

潔寧自行轉譯出的利馬姐妹談話

（對話從中段開始）

艾納：「……我還是很常必須回去待著。然後先生說，阿夜很想我，這個家庭需要我，所以我又回來了。」

柏莎：「但妳覺得……妳還是沒有準備好？」

艾納：「我答應要回來這裡住，阿夜也已經接回來了。我試著扮演好『母親』這個角色……我真的試過，可是我一早起來做早餐，送阿夜去上學，回到家裡面對整屋子的家事，忘了吃午餐，然後我……我想要跟自己獨處，我想繼續寫論文，趕快把學位拿到，我還需要跟團隊視訊報告工作進度，但是我累垮了，坐到沙發上歇一下，不小心就睡著了……醒來時，天已經黑了。我沒有去接阿夜。我應該去，但我又讓他失望了。阿夜在廚房洗碗……我看著他，覺得身體隨時都會垮下來，粉碎掉。有一秒鐘我突然想，**我好希望他不在這個世上**。然後我馬上為了這個可怕的念頭開始痛哭，覺得自己是個惡魔……我怎麼可以這樣想？或許我真的像韶光區所有人在背地說的那樣，是一個惡魔、蕩婦、失格的『母親』……」

柏莎：「艾納……妳看著我，看著我……聽好，妳永遠不要那樣想，好嗎？」

艾納：「『母親』到底是什麼？母親被視為一種萬能的存在，母愛可以戰勝一切辛勞，勝於一個女人對於她生涯的規畫、她曾渴望過的種種未來。因為她**愛**她所生的孩子，**愛**可以戰勝一切，所以她**應該要**抹煞自我，把自己放到後面順位，**但她的丈夫不用**，不是一年、兩年，而是**直到永遠**……」

柏莎：「在我們爺爺那代，事情或許是這樣。但現在不一樣了，我們成為大人，我們可以決定想要擁有什麼信念。」

艾納：「但我認為，我並不是一個大人。我不像妳做得那麼好。在這張臉皮底下，我只是一個很需要有人無條件疼愛我的可憐蟲。我一直沒辦法『變成』一個『成人』。我也不想這樣！可是我做不到！我愛阿夜。妳相信嗎？我好愛他。他就像天使一樣美好，可是同時，我也感覺是他的出現，讓原本已經站不穩的我，變得更虛弱了。因為現在他才是真正的小孩，所以我就像……身體被用力撕掉一塊……被人貼上一張『母親』的標籤……貼上去就對了！補好了！雖然血還在流！我覺得我……我愛他，真的愛他，可是我也為此受了傷，被世間的期待壓得喘不過氣……我試著對丈夫說這件事情，他不同意，他說『妳只是還不習慣』……但我只想對著他的臉大吼，不然換你來當『母親』吧！不是父親，而是母親。換你來聽聽看『這孩子出事了，他**媽媽**是怎麼搞的？』『她**媽媽**為什麼不在場？』去聽聽看這所有譴責吧——！」

柏莎：「我知道妳很努力了。我知道妳一直沒有辦法適應……這一切對妳來說，很辛苦。但是艾納……我很抱歉，妳已經這麼累了，我還像是在要求妳……阿夜他……自從他們把阿夜找回來，他的精神狀況一直不太好。他一直一個人孤零零地待在病房……我永遠願意代替你們照顧他。妳一定知道，我也非常愛他。但或許，現階段他真正需要的不是我，而是……」

艾納：「我這個跑出城外到處亂搞的母親？一聽到他出事，我第一個念頭竟然不是傷心難過，而是恐慌……我直接衝進旅館的廁所，把肚子裡所有東西吐個精光。然後我摔倒在自己的嘔吐物裡，不斷發抖，滿腦子想著街頭巷尾會怎麼譴責我……那些愚婦的聲音，就住在我的腦袋裡！她們自動套上自己都憎恨的枷鎖，接著一出家門就嚴格地檢視，其他女人的枷鎖有沒有套好！為什麼我不能演得跟她們一樣好？為什麼我這麼**可怕**？為什麼我不能馬上好好地跳上他媽的計程車回來看看我半死不活的小孩！為什麼！」

（尖叫與哭喊，物體破碎聲）

柏莎：「艾納，放開……放開那個……妳過來，我在這裡。噓。我在這裡。妳聽我說，我在這裡。很抱歉我說了剛剛那些話。好嗎？我不像那些人，我並不是在責怪妳……」

艾納：「我覺得我必須殺死自己。柏莎……妳知道為什麼嗎？因為那天晚上阿夜會離開家，都是我的錯……」

（哭聲）

柏莎：「發生了什麼事……？艾納，噓。沒事的，妳慢慢說，那天晚上發生了什麼事？」

艾納：「阿夜跟朋友們約好了……要去小奉家看電影。他提到，大家都會帶點飲料餅乾之類的……雖然小奉她家根本不缺那些東西。她家根本是天殺的城堡，她就是那個快樂公主，她哪會需要任何東西？我就想，或許我該做個派，我想做個派讓我心愛的孩子帶去朋友家，驕傲地告訴他們，這是我媽媽做的。回家路上，我碰見那群媽媽，也有一些爸爸……我遠遠聽見他們說，覺得『外國人』家裡很可怕，『那個女人不太穩定』，他們之前都是礙於情面，才會讓自家小孩去『外國人』家裡參加慶生會……」

柏莎：「噢，艾納，人在說別人的時候，都不曉得別人會痛……」

艾納：「然後他們開始討論我……『她大概是為了逃出原本的國家才假結婚』，這是小奉媽媽說的。『說不定小孩根本是個野種』『那孩子搞不好也有點扭曲』……」

柏莎：「天哪。這到底是個怎樣的地方呀？艾納，妳不必管那些人怎麼講！」

艾納：「……我逃回家。我把所有材料摔在廚房……跑到樓上吞了一堆藥，然後我下來，看見阿夜跪在地上，拿抹布清理那些粉跟果醬……」

（一陣長長的靜默，夾雜吸鼻子的聲音）

艾納：「我不知道我怎麼了……當下我決定要『像個大人』，跟阿夜說清楚。」

柏莎：「等等。說清楚……什麼？妳對阿夜說了什麼？」

艾納：「我告訴他……『我很抱歉，我一直沒辦法成為你期待中的母親。我從懷孕期間就一直很害怕，直到生下你之後，那股恐懼還是沒有消失。我想在這世界上，可能就是有人當不好媽媽、當不好大人，而那就是我。』我告訴他……『你只是個小孩，但我需要你長大，**現在馬上就長大**。請你忘記對我的所有期待，因為我真的辦不到！』」

（越趨激烈的抽氣）

艾納：「但阿夜竟然對我說……『沒有派也沒關係』。他很明顯已經受傷了，深深地受傷，眼淚滴在果醬裡面……他站起來拉住我，說『拜託妳不要走』。我開始哭……我的不稱職終於成為了凶器，我傷害了自己的小孩……但我還是沒有罷手……我哭著甩開他，對著他的臉大喊『對不起，我沒辦法，請你暫時離開！』……」

（崩潰哭泣聲）

柏莎：「艾納，我不知道該怎麼說……噢……」

艾納：「我很抱歉……我對這一切都好抱歉……！阿夜跑出家門的時候……我恍惚惚開著車上街，根本不知道自己去過哪裡。接著我醒在那家旅館，然後一直躺在那裡……噢，我該怎麼辦？柏莎？我在新聞上看見阿夜的事情……他就那麼一顆心，小小的心，而我把它用力摔碎！是我害的。是我害他變成了那個樣子……」

（崩潰哭泣聲）

✢

茉時紅著眼眶，抬起頭來望向潔寧。

「這個地方，真的爛透了。」她哽著聲音說。
「真的爛透了。」潔寧的鼻子又紅紅的了，就像十五年前那晚一樣。
「我恨那些大人。可是我又覺得他們很可憐……這是一種很衝突的感覺。」
「我不知道自己會不會做得更好，」潔寧替茉時擦擦眼角，「這一切實在太難了。」
茉時一度想接話，最終只抿抿嘴，盯著晃動的咖啡。
「小茉，我很抱歉剛剛對妳說了那些話。我心裡很著急。我很可能只是在多管閒事，但我實在……」
茉時搖搖頭。
她伸出手，潔寧握住。
「我討厭這個地方，但是我不希望它毀掉。」
「毀掉？這是什麼意思？」
「所以無論如何，我都得離開。」
「但是妳不能告訴我，妳要去什麼地方，做什麼事情？」
「對。」

「這跟妳消失時發生的事情有關嗎？」

茉時沒有說話，做為一種不說謊的誠實。

「我知道妳不是真的想不起來，只是不想說。雖然它當然是很好用的藉口。妳我都很清楚，妳剛回來時的樣子，根本不超過十五歲。」

潔寧將茉時的反應看在眼裡，他當然能夠辨認她的細碎情緒。

「我甚至去翻了小奉那個年紀的照片，對照十五歲的女生大概是什麼身高跟體型……顯然，我們的宇宙不是這樣進行的。沒有人會在五年之內長大十歲。無論如何妳都得離開，那是什麼意思，不然會發生什麼事情？」

「你被吸進漩渦裡，」她對潔寧說，「這件事變成了你的生活。」

茉時比誰都希望，她能好好回答潔寧的問題。她也比誰都希望，她能永遠待在這裡。但她不知道該如何說明她所看過的可能性。在她所得知的版本中，星星樹林所橫跨的三個行政區，將被炸成火海。她所說的毀掉，是充滿不可逆轟炸的那一種。她究竟能夠怎麼說明？

「你剛剛問我，我的角色是什麼、我的任務是什麼？答案是，我要去推動混沌裡的事件向前演變。而它並沒有那麼容易了解，我需要時間跟其他人的幫助，才有辦法判斷出最妥善的做法。我們所抹煞的，那些消失的可能，全部都是無法驗證的未來。」

茱時在潔寧的大手上畫了個圈，然後拱起手掌蓋住它：「這個宇宙可能跟現代物理學想像的很不一樣。人類只能看見切面，但『面』後頭存在著『體』，『體』後頭存在著更難想像的東西。有時當任何事情都沒發生，反而才是一種成功。等到壞事降臨，通常已經來不及了，那代表著我們一連串的失敗。每次失敗都會讓事態產生一點點崩潰，最後一次崩潰，就帶來了無法挽回的結果。而我唯一的心願，是讓你們全部存活下來，坐在這個家裡吃耶誕晚餐。」

「妳必須講得更清楚一點……」潔寧說，「這樣的解釋還不夠，我不懂。我是一個物理學家，我並不害怕未知。但妳必須告訴我。」

「我也不懂，」茱時嘴角微揚，「可是我會回來。我答應你，我會回來。」

她從外套內袋拿出一個準備已久的信封，遞給潔寧。

「在二〇四三年十二月十七日的晚上九點，請你打開它。」

「這是……什麼？」

「到時你就會明白，」她說，「你會明白的，因為你是我們之中最聰明的人。」

信封上寫著詳盡的時間點，以及「**限潔潔開封**」。

10

隔天茉時到小奉家去，久違地度過一個女孩夜晚。小奉很快看懂茉時沒說出的心思，嘆了口氣說「終於呀」。茉時知道，小奉將會追問她一些細節。而做為交換條件，她問小奉是不是有明年的月曆？急著聆聽好友祕密的小奉，不明所以地將二〇三四年的月曆掛至牆上，並在茉時指定的日期寫下幾個字。接著她們都變回沒有煩憂的女孩子，開始談起那些只想說給彼此聽的小事。

11

後來，利馬夜和茉時帶著全副裝備，去爬了冬季的雪山。

在離開七卡山莊，前往東峰的途中，茉時接到警方來電，說是找到了菀宜的屍骨。那瞬間她感受到一種無以名狀的暴虐感，彷彿她回到這個世界，只是為了等候這一刻到來。

在無法回頭的哭坡之上，茉時名符其實地哭著往上爬。山脊邊坡已然火紅的巒大花楸映在眼角，模糊得如憤怒、如悲愴。當時哭坡前後恰巧沒有其他登山客，砭骨的強風瑟瑟作響，所以她哭出了聲音。走在前方的利馬夜不發一語，直到征服四百公尺令人暈眩的陡路之後，他轉身替茉時卸下甸甸的重裝，穩穩擁抱了她。

「如果妳想要，我們隨時可以回頭，」在茉時耳邊，他的嗓音平穩，「沒有什麼是非得現在完成不可。」

「你聽起來像是已經知道了。」

「明達跟我說了。」

靠著利馬夜暄暖的頸側，茉時最後幾顆碩大眼淚噠噠滾落。即使視角傾倒，巨山大雲仍自壯闊，無垠的沉痛，感覺起來僅是宇宙間如塵的糟粕。

「現在回頭也來不及了，」她說得淡，「菀宜已經是一堆骨頭了。」

從雪山東峰望去，林莽如海，山巒似嶼。已經很高了，但還不夠。一隻岩鷚停在石子上，鼓著鼠灰色的胸部連串輕鳴，離去時震落一片冰涼涼的飛羽。茉時伸手接下。

在抵達下一個落腳處三六九山莊之前，利馬夜和茉時在枯黃稜線的停機坪上平行躺下，置身於「H」字樣的那兩條直線中間，用耳機聆聽平克．佛洛伊德的音樂。伴著〈Wish You Were Here〉的吉他獨奏聲，他們閉眼感受強勁的上升氣流，以及逐漸往山頂沉落的太陽。

在那裡，茉時曾經短短動過一個念頭。

如同珊珊那位聽起來相當明智的叔叔，或許她可以悍然不顧「圖書館」裡永不窮盡的使命，忘記她對未來的部分已知，以及隨附而來的責任，直接留下來就好，不論未來是什麼模樣。

感覺起來只要願意，他們其實可以占據這樣一片霍霍眨眨的天光霧被，直到永遠。感覺起來她離利馬夜的手掌只有一兩公分，只消再移動些許，她就能摒除所有的距離。或許因為高處的氧氣實在過於稀薄，她的想法不須遠大，只要夠用即可。在那一刻，那就是茉時所有的心願了。

但在山風發出尖嘯的另一刻，幾名路過的登山客用登山杖戳了戳他們，殘忍地將她推回現實。

該起來趕路了，他們奉勸道，因為天很快就要黑了。

沒人能擁有另一個版本

〔二〇四三年〕

1

在「五人組」裡，明達是最先知道茉時歸來的那個人。

當利馬夜還在夢中沉睡，潔寧在韶光山區觀測毀神星，而小奉正隔著視訊鏡頭，對明達抱怨近期學校裡的鬧劇時，明達的手機微震，收到了五人組的訊息。

小茉老大　我還活著 21:08 一人已讀

「他們潛進女生更衣間，在裡面裝了攝影機哦？這完全是……執法過當、違反比

例原則、侵犯隱私，我還可以想出至少五個——」

「這是什麼？」明達一個愣怔。

「什麼是什麼？」小奉將毛巾從頭上解下，開始擦拭溼髮。

「五人組的訊息……妳沒收到嗎？」

明達重啟通訊介面，那條訊息還在。

小茉老大　我還活著

21:08 一人已讀

小奉暫時離開螢幕前方，到床上翻找了一陣。

「哦，『白痴潔寧』說『我想要毛衣以外的禮物拜託了』。你是指這個嗎？還是『壞嘴明達』說，『于奉羽早就買好一打，這是一種對世間的折磨』？」

「不是，再下一條，最新的那條。」

小奉將手機舉高，在空中搖晃：「訊號是滿格的呀？你收到什麼了？」

「茉時……」

「茉時？」

「茉時傳的……」

「你知道你在說什麼嗎？」小奉的神情即刻凝重，「明達，這不好笑。真的。」

「妳真的沒收到？『小茉老大』說『我還活著』？」

「你嚇到我了。如果這是什麼惡搞——」

「我之後再打給妳。」明達切斷視訊。

他許諾過小奉不再隨意掛掉電話，但這次實在無可厚非。

✢

首先，明達撥電話給「小茉老大」。奇怪的是，無論電話、網路電話，別說撥號音、回鈴音或忙線音了，話筒那頭僅有真空似的靜默，綿長挑散著明達的時間感。號碼確實撥出了，但毫無正常反饋，訊號不曉得游離到了何方，在他的耳道中，只有令人不寒而慄，像要吸收掉所有思想的冗長默然。

接著，明達打給「白痴潔寧」。

✢

「喂？明達？我現在其實不能接電話，雖然我還是接了。我剛剛躺在馬路邊閉眼休息了半小時，但你知道嗎？只要一顆光子，就會刺激我的視桿細胞——」

「潔寧，給我閉嘴。」

「你打電話來叫我閉嘴？」

「拜託，潔寧！你現在馬上看五人組的對話！」

「好啦……你為什麼老是對我這麼凶？」

「看了嗎？你有沒有看到……」

「天啊！」潔寧難以置信，「于奉羽竟然已經已讀我五天了……」

「不是那個！」明達有些氣急敗壞，忍不住覺得奇怪的人或許是自己：

「我這裡收到一條訊息，『小茉老大』說她還活著……九點八分！為什麼小奉沒有，你也沒有？這不是群組嗎？那阿夜呢，阿夜有沒有看到？」

潔寧不再開玩笑了。

在家中三名手足裡居長的他，很快拿出了骨子裡的那份謹慎：

「我現在就打給阿夜。」

2

在明達的印象中，茉時就像隻小獅子，觀察敏銳，思緒明晰，胸口處藏著爆發力。他向來覺得，她應當是五人組裡每個人最要好的朋友。畢竟你看看，潔寧大概從上小學前，就已經當起茉時的跟屁蟲，在星星北到處撒野了。小奉跟茉時同班後，隨時隨地都跟她形影不離，一副生怕沒挽著手就會走失似的。利馬夜愛裝酷，表面上不甚在意，卻總會第一個問起茉時人在哪裡。

而明達自己呢？

他是跟茉時住得最近的一個。在韶光區東北部，登山口附近，有一條長得要命的無尾巷。明達住在巷口，茉時則住巷尾，中間很神奇地夾著一塊狹長的荒地。以星星南那些貴婦高尚的角度而言，這裡基本上是塊化外區域。

或許是吧。在「洗錢首腦」捲款潛逃後，暴力分子三天兩頭就找上門來，拷問明達和爺爺「那對狗男女」去了哪裡。但不論他父母是聰明反被聰明誤，還是跳進設好的局成為代罪羔羊，在承受數落與撻伐多年之後，明達才發現，原來那場失敗透頂的非法投資，韶光區幾乎家家戶戶全都有分。

在明達父母尚未拋家棄子，茉時的媽媽也還沒因病辭世前，兩家人常會在荒地上一同玩耍。明達的爺爺喜歡跟菀宜與茉時閒聊，蒼希則愛邀請幼小的明達一起踢球。

明達覺得自己跟茉時的聯繫，來自於後來家庭生變的過程。在某種程度上，他們都成了失怙無恃的孩子。茉時不想回家時，明達爺爺讓她待在家後方的工具小屋寫作業。而當明達家被黑道鬧得雞飛狗跳時，茉時也會搶先通知他趕快繞道而行。

荒地兩端的房屋，像是輪流爭豔的地獄秀場，明達這端無人不知，茉時那端無人知曉。

有時醒得早了些，明達和茉時會在荒地上遇見彼此，揚起手臂打招呼。藍色晨曦映照著寂靜小城，尚在沉眠的礫石略顯冰涼，他們不須言語，也能聞見彼此的疲敝。

茉時和菀宜失蹤後，無尾巷的末端就成了一團黑暗。明達跟小奉都被關在家裡很長一段時間——那個夫人頭就算了，但就連明達自家爺爺也如此神經質，甚至沒收他的手機，他倒是不得其解。於是，潔寧獨自面對著利馬夜的精神崩潰，大人們不斷搜索山區和樹林，學校老被家長擠得水洩不通。

巷尾那個男人很快就搬走了，自此沒再回來。明達的爺爺日日晚歸，比起過往更發狂地籌著錢；利馬夜的爸爸開車撞上路樹，車頭全毀；小奉的媽媽某夜在家門口狂吼，但社區裡的大家都很給面子，只在四下無人的時候討論此事。

韶光區的夢幻外衣戳出一個小洞，輕飄飄的氣體不斷洩離。

所以說，茉時歷劫餘生的意義，之於他們幾個才會那樣深刻。

就像被拿走了大半物品後，還回來了一塊晶瑩剔透的碎片。

3

五人組復活了。

當時，明達翹了兩星期的課，回來待在韶光。小奉遠從英國下著各種指令，在終於受不了他們三個大男生的笨手笨腳後，略顯懇求地暗示明達去找個值得信任的女孩子，好好聆聽茉時真正的需要，別再亂湊一些尺寸不合的衣服給她。

「有些事情你們是永遠不會懂的，比如經痛。」小奉如是說。那只是一句平凡至極的舉例，但小奉和他們都還不曉得，茉時直到那時尚未初經來潮。

明達尋求協助的選擇很有限。

利馬夜將茉時安頓在裝有天窗的房間；明達尚且不想獨自面對爺爺自縊的空屋，於是隨便找了個藉口，借住在利馬爸爸從前的房裡；有時候討論得晚了，潔寧則會睡在客房——天曉得這房子裡怎會有那麼多房間。

而那兩星期在利馬家，明達所能碰見、又值得信賴的女孩子，除了彷彿營養不良沒能抽高的茉時本人之外，就只剩下無語觀察著這一切的松松了。

他還有什麼選擇呢？

明達懂得，幼時玩伴的堅定情誼，必定會形成討人厭的排外能量。而茉時的回歸，只使松松的寂寞處境變本加厲許多。

明達、潔寧、利馬夜經常聚在客廳偷偷開會，討論茉時到底怎麼了，以及接下來應該怎麼辦。學籍呢？戶籍呢？死亡證明呢？菀宜呢？她那不知去向的繼父呢？

無一例外，利馬夜總會用音響放點爵士樂或什麼。這是利馬夜溫和性格裡長存的一套方式，真正的意圖深潛在言行底層，衝擊性雖會因此消滅，對某些精敏的人而言，感覺卻會如同刀割。

「有時候我感覺自己只是個外人。雖然這也是事實。」有次松松沒忍住，對明達吐露心聲，附帶一抹淒涼微笑。

老實說，就連明達都覺得，說茉時是什麼遠房親戚的小孩，只是一種明擺著的強硬表態。直接表示「我不希望任何人干涉我的決定」，搞不好都比較不傷人。他好幾次都想數落利馬夜，但每每作罷。因為利馬夜已經很久沒有顯露出這種程度的意志堅決了。

就連參與「防禦線」的抗議行動，數度被帶進警局時，利馬夜總是靠躺在長椅上頭，叮咚舉起手銬對明達發笑，感覺就算腐爛在那裡也無所謂。明達最初是想讓利馬夜轉移注意力，認識對土地有著真實理想的人群，才會帶他接觸「防禦線」，怎知那卻成為利馬夜合理大傷小傷的另一個出口。每一天，明達都只有重重後悔。

茉時的回歸，不只替利馬夜，也替他們所有人灌輸了踏步向前的意志。

因此當利馬夜決定讓茉時待在這個家裡，那就是不容置喙的結論。

於是音響不斷唱著歌，松松總是不踏入客廳。她會在餐廳附近倚牆站著，去後院抽根她永遠都不習慣的菸，雙手交叉在胸前，最後選擇獨自上樓去，或是直接回家。松松務實且充滿體諒之情，堪稱利馬夜歷來最值得讚賞的交往對象，可是利馬夜的倔，向來是那樣堅定，沒有一絲動搖的可能。

終於，明達在悶到瘋掉之前，他將一切告訴了松松。

他帶松松到韶光區繞了一圈，逐一介紹他們五個人的家，星星北、星星南、星星樹林，還有茉時以前畫出地形圖，嘉惠全校調皮孩子的故事。在裝著他家和茉時家的無尾巷裡，他們一起觀看由「五人組」在灰牆旁所簽下的名字。

「利馬夜充滿耐心、足智多謀，而且很有義氣。這傢伙是頂級的朋友，但就我了解，向來是殘忍的戀人。」明達告訴松松，「人展現出來的無情，都有一些過去種下的因。妳沒有義務親手化解它，但不該讓它傷妳太深——我們每一個人，在必要的時候都會是小賤人。」

明達試著讓松松明白，友誼和愛情或許會拉扯一個人所能分配的時間，卻不相互扞格。當時他想，既然茉時終於同意撤銷死亡宣告，回學校去念書，而利馬夜也願意繼續親吻松松了，那股不論應該命名成什麼的異樣氣氛，終究會過去的。正如約翰藍儂所言，如果事情不好，那就是還沒有到最後。

大學畢業那年夏天，松松主動和利馬夜分手。三年多來與明達那句忠告的拉扯，終於畫下句點。明達陪伴著松松，心情就像是在代替利馬夜道歉。但留不住的無法強求，他們也都心知肚明。

「奇怪的是，我一點都不討厭茉時。」

松松說這段話時點著菸，沒抽半口。

「有時候我甚至覺得，她比阿夜還要了解我的心情。」松松神情複雜，但不失優雅，「不過，點子王啊，有個地方你說錯了。友誼和愛情或許不互相牴觸，卻有可能緊緊疊合在一起。只差在當事人有沒有發現。」

4

明達從小就是大家傾訴心事的對象。他知曉許多盟友不為人知的情事，說話犀利，但是懂得保守祕密。這個情形直到他離開韶光求學，直到他畢業歸來照樣不變。

他一直是潔寧兩個叛逆弟弟所熱愛的「明達哥」，他跟常被居民欺壓的韶光小學校長是超級忘年之交，他聽過利馬夜歷任戀人的諸多抱怨，也成為松松的好朋友。

他其實也不確定，究竟是自己寬正的戽斗線條營造出了可靠形象，還是他那聲調陰柔，卻快如連珠炮的辯論能力，引來無數或近或遠的他人，願意拿煩惱換取他的意見。潔寧吐槽兩者皆非，應該是因為你懂得把別人罵得一無是處，這很痛快。

有時聆聽其他人的痛楚，他會感到冷漠無感，身體裡的舊靈魂蠢蠢欲動，準備發

表一番尖酸刻薄的評論。他可以很愛很愛一些人，同時恨透他們的多愁善感和舉棋不定。他從來不像潔寧那麼善良。明達覺得他的善良是刻意學來的。跟潔寧學了不少。

明達不否認，這樣尖銳不懂得做人的厚重防禦性格，源自於一天到晚得跟債主打交道的慘烈童年。他常對人笑稱那是一段「慘綠時光」，悽慘的慘，餓到整張臉發綠的綠。

每當他拿差點把他們爺孫壓成血水的債務來說笑，別人會一陣為難，尷尬中帶有一絲絲困惑，瞬間有些不知所措——少了反應不近人情，多說什麼又是多餘，於是偽善常在此時顯露形跡。

拿言語的刃劃開他我界線，能讓明達體驗報復世界的快感，拿境遇相較幸福的人取樂是有些惡質（是嗎？），但他之所以能一路撐到長大，確實必須歸功於他懂得對一切消遣看待。

另一方面，倒也是因為他早早就被白痴潔寧給拉進了「五人組」，這個與眾不同、偶爾難纏又總是思想亢進的團體。

遙想當年，每逢韶光小學校外教學，明達常連通知單都不拿給爺爺看。為擠不出錢而傷心實在太愚蠢了，生活不需要再增添更多煩惱。管他校外教學還是什麼，請病假就好了。他還可以把時間拿去幫雜貨店老奶奶顧店，換一點對債務毫無幫助的零錢。幼年老成的他，對美好練會冷酷以對，甚至很願意把這四個字刻在他的書包上。

然後有那麼一次——想必先於茉時的人間蒸發——校外教學當天，小奉、茉時、冷王和利馬夜拎著大包小包來到他家，邀他一起去爬韶光旁的小山。

「你們自作主張不去校外教學……」明達有點火大。

他年紀還很小，搞不清、也不想分辨口齒便給與出言不遜的界線，只想大吼大叫。

「就算你們亂請病假，我也不會開心！你們根本就是一個怪人小團體，你們看不出來嗎？我很討厭這樣！我討厭裝沒事的噁心友情大作戰！」

「如果這是一部小說，你就會是主角。」茉時用一貫的冷靜，不衝撞也不反駁地面對他的憤怒，「因為想法平庸的人，最適合當主角。」

「這樣講起來，應該是阿夜要當吧……」潔寧說。

「我有紫色眼睛。」利馬夜說。

「總之不會是我當，因為我是家財萬貫的小公主。」小奉說。

明達的伶牙俐齒暫且停擺，他保證只有一下下。因為他分不清這些朋友是真的不滿他的態度，還是別有企圖，才會如此樂於自我消遣。

「我們還是趕快長大吧。賺很多錢給明達。這樣真的煩死了。」茉時說。

「好耶……每個人都出一點，債就都還完了。」潔寧的門牙還是沒長出來。

「如果小奉願意去偷拿家裡的錢，應該可以更快解決。」利馬夜說。

「沒辦法，錢都運到海外了，想拿也拿不到。」小奉說。

「你們到底想怎——」

「不想怎樣，你趕快戴好帽子啦！準備出門！」

小奉將明達推入屋內，動手拎起他的背包。

「水壺我帶了。」潔寧說。

「防蚊液我帶了。」利馬夜說。

「所以你就不要像個小孩子扭扭捏捏了，好嗎？」茉時說。

「我是所有人裡面最早出生的耶！」明達抗議。

「錯了，我才是。」曾在哥倫比亞寄住兩年的利馬夜說。

最有趣的是，那次友情大爬山並未溫馨美滿。他們先是迷了路，潔寧失足掉進一小灘泥沼地，明達為了幫他而扭傷了腳。小奉找來一根長長的樹枝，想拯救那包受到嚴重汙染的午餐，卻不小心戳垮一個蜂窩，導致全體倉皇逃難。還有茉時，她在岔路處跟大家走散，誤以為自己落後，最後成了無事登頂的第一人。

無法步行的明達癱趴在利馬夜背上，跟潔寧爭辯正確道路的方向，小奉衷心認為他們終將曝屍荒野，變成野生動物的晚餐，而在此時，利馬夜聽見了遠方的樂聲。

他們抵達山頂時，茉時盤腿坐在空無一物的草地上，跟電光老闆借用的黑色收音機，正以明顯很破的最大聲量，喧唱著丹．迪肯的〈When I Was Done Dying〉。「全員到齊。」她在黃昏暖光中露出笑容。他們累得誇張吶喊，又跪又躺地應聲倒下。

明達覺得自己說得很對。這確實是個怪人小團體，以醜陋卻盡力的舞姿焦慮成長。他們都懷抱著偶爾渴望訴諸暴力的脆弱，受困於家庭長年的折磨，對韶光區的世居群眾嗤之以鼻。而且在某些時刻，都偷偷有過毀滅這個小城的願望。

茉時失蹤過，發育狀況極度異常，但至少一副天才樣，三兩年就讀完了七年分的課業。利馬夜心神崩潰過、放蕩生活過，行為經常遊走在法律邊緣，但似乎已漸漸想起溫暖是怎麼一回事。小奉因爸媽離婚後相互纏訟，被硬生生送往遙遠的他鄉，但即將重獲自由。潔寧一直為他們每個人膽戰心驚地度日，私下哭泣。而明達自己，則在長年相依為命的爺爺自殺後耗盡氣力，逃離韶光四年不返。

管他過去怎樣，五人組都將重新聚首了。

傷害他們的人都已遠去，如今剩下他們自身。痛苦有時，漫漫有時，總迎接得到虛靜舔拭傷口的長遠後日。明達曾經認為，此刻或許正是藍儂所謂萬事安好的最後。

後來，在茉時特地祝他生日快樂沒幾天後，明達在星星北的家中，找到了爺爺留下的遺書。

5

家後方的工具小屋點不了燈，明達很確定。他好幾次提起工具箱要修，最後總是作罷。他很確定就算把線接回去，那顆一百燭光的黃色燈泡，也驅趕不掉深沉得令他窒息的黑暗。

而今，工具小屋敞開的入口放著一架手提式泛光燈，一絲不苟地照亮裡頭的細節。在明達的正頭頂，就是爺爺拿來懸掛身體的大梁。爺爺的死亡無聲無息，發生在明達剛滿二十歲，也是茉時回來前沒多久。

救護人員解下爺爺的遺體時，不小心扯斷電線，燈泡摔了下來，碎成片片。水泥地上一塊深深的痕跡，明達也忘了自己是否清過，如今成為了刷也刷不掉的汙斑。

明達站在那兒，手臂無力垂向地板，捏著他已讀過三次的遺書。山風和光從他背後掃進小屋，推得紙張微震。

堆放著各類工具的積塵長桌靠牆擺放，兩張藍色塑膠椅倒在地面，沒有疊回椅疊。他和茉時都趴在該處寫過功課。夏季時天氣熱，狹窄的主屋裡沒有冷氣，令人發悶，陰涼的工具小屋，於是成了招待客人的克難空間。

在呆滯將近五分鐘後，明達將爺爺的遺書小心摺好，放回信封中。他轉向長桌一角的幾張紙跟照片。在放上那些東西前，他曾用手擦抹一下桌面。厚厚的灰塵被些許的汗水給浸溼，滿布於他的掌上。

一開始他沒料到會是這樣。暗紅色拖拉機後方的舊鐵櫃，曾是他小時候的藏身處。討債集團來時，爺爺總要他躲進裡頭避難，彷彿他還不懂這世界是怎麼一回事，希望為他遮蔽殘酷。

明達會縮著腿閉眼等待，聆聽藏有煥然生機的山區蟲聲，想像有天等惡夢結束，他要帶爺爺去度假享福。就去潔寧總說要養老的亞得里亞海吧。明達根本不知道那片海在哪裡，只知道一定很遠。

這一天，明達在舊鐵櫃裡找到的物品如下：

‧從二〇一九年到二〇二九年，每年兩張的還款收據。
‧一張茉時繼父的照片。他拉起背心汗衫，笑著露出後背部的死神紋身。
‧一張用紅筆標明位置的外縣市山區地形圖。

・一封爺爺手寫的簡短遺書。

明達：

當你看到這封信，表示所有債務已經還清。

請你燒掉這些東西，忘掉爺爺，抬頭挺胸，做個無愧於天地的人。

爺爺留給他的一切，有形無形，全數壓在一本寫著明達姓名的郵局存款簿下方。簿子裡的錢不多，存了多年從未提領，僅僅七萬塊不到。

明達面無表情，思緒在小屋裡狂暴肆虐。他在想。想十年前方家姐妹失蹤那晚，爺爺去了哪兒。事實是，他永遠無法確定。因為當年他是唯一一個抵達小奉家，成功赴約的人。他和小奉從未等到利馬夜、茉時和潔寧。

當時，小奉家客廳看起來極度沉重的復古電話響了幾次，「夫人頭」拿著手機走來晃去，臉色凝重回著訊息。

「于奉羽，我現在要出個門。妳把門鎖好不准亂跑。明達你也是，你今天先睡在我們家，不要靠近樹林。」她換上一般人平常晚上不會穿出門的絲質衣物，踏著高跟鞋，出外參加了臨時家長聚會。

所以明達永遠無法確定，爺爺是否帶著剛泡好的茶，或者一些橘子，去了茉時家——這是爺爺一貫的做法，用以確定黎某沒有對小孩做出太過火的事情。然後爺爺看見了什麼呢？然後，有什麼令人顫抖的交易，在那幢房子裡頭完成了？

明達永遠無法確定。

確實，自從他上了大學，就沒再看過討債集團的人了。畢業回到韶光後，他曾戰戰兢兢，準備好鄭重其事告訴那些人，他已經開始工作賺錢，無論如何，他都會把欠的錢還完。

可是事情跟他想的很不一樣。桌上這一張張收據……長達十年的歲月，有人逐一清償掉了他們龐大債務的冰山小角。而那每一筆錢，顯然遠遠超越爺爺的老人年金、苦工報酬，還有明達寄回來的打工收入。他早該知道的。但是，他又怎麼有辦法知道呢？

若他在這裡燒掉這些還款收據、這封信，他真的能夠如爺爺所想，成為一個無愧於天地的人嗎？現在一切都說得通了。老人將沉重的道德祕密嚴嚴實實捂在胸口，被半年一次的解救束縛身體。他或許經常碰見來自內心深處的鬼魂，所以老是半夜醒來哭泣，所以他老是會問明達，那裡有人嗎？外面是不是有什麼聲音？

明達扶著桌子，沒意識到自己正坐在那一大塊汙斑裡頭。泛光燈實在太亮了，他睜不開眼。

在星星北這條只剩一人存在的無尾巷中，微風撞上灰牆，在稚拙的簽名上頭掃出咻咻低聲。

6

壞嘴明達致電**小茉老大**

壞嘴明達、**小茉老大**通話結束
共計一小時二十九分三十秒
二〇三三年四月七日

7

利馬夜和茉時從雪山回來的隔天，茉時帶著大包小包，出現在明達家門口。

明達第一個念頭是想轉身跑掉，但他顯然不行。所以他也就是低著頭，低到不能再低，目光聚焦在什麼都沒有的空氣之上。

「茉時……」

「謝謝你，在他們找到菀宜屍骨那天，陪在菀宜身邊。」

茉時說完後走進屋內，拎起明達的背包，順道抓了一頂帽子，套到他頭上。

「這是……？」

「我們要去爬山。」茉時調整了一下窄邊草帽，將黑色蝴蝶結轉至後方。

「我覺得今天可能不太……」

「水壺我帶了。防蚊液我帶了。」茉時輪流拎高雙手的提袋，一次全數遞給明達，「所以你就不要像個小孩子扭扭捏捏了，好嗎？」

她也不管明達眼裡有淚，湧起過分殘酷的柔和笑容。

✣

「李明達，如果你再不跟我講話，我就要把你從這個山頂踢下去囉。」

向電光老闆借用的黑色收音機，在風中唱著輕柔的民謠歌曲。明達望向茉時，整張臉往中心縮成一團，半句話都說不出口。他真心覺得，被一腳踹下山，或許是比較妥當的結果。

「你不必……我是說，雖然在你聽來可能覺得不合理，但你大可不必承受這些。」她望著前方，星星樹林從山邊一路向前綿延，「你想說的我都知道，但你是無辜的，事情發生的時候，你跟我都是小孩子。我們根本什麼都不懂。」

「我覺得我一輩子……都沒辦法原諒他。」

明達說了從開始爬山後的第一句話，所有思緒一傾而出。

「到頭來他為了錢，成為了我最看不起，也最怕變成的人。如果他當時直接報警，或叫救護車？我不知道，那菀宜是不是就不會……」

「不，」茉時說，「菀宜那時已經死了。」

那份斬釘截鐵，令明達感到灼痛。

「我跑出家門之後，後面一直有人跟著。你知道那是誰嗎？現在想想，我覺得那應該是你爺爺。」

「我爺爺……？」

「我覺得，他是在確認我成功逃走了。」茉時望著明達，「我覺得事情是這樣的：他遠遠看見我家，覺得狀況不太對勁，於是帶著茶跟橘子準備過去拜訪。然後他看見……我跑出家門。他或許跟我跟了一段路，然後我覺得，在我繼父追上來的時候，你爺爺攔住了他。」

「這根本只是……茉時，這是一種詭論。我要引用妳的說話風格：妳大可不必刻意隱蔽對錯，只為了讓我覺得好過一點。」

但茉時拒絕停下，繼續講述：

「爺爺很生氣，或許跟我繼父吵了起來。爺爺走到星星北那支公共電話旁邊，打算報警……但我繼父向來知道該怎麼處理危機。他冷酷、工於心計，他懂得抓住人的弱點。我的弱點是菀宜，菀宜的弱點是我，而爺爺的弱點是你。」

「就算事情真的是這樣好了……我爺爺也有過選擇的機會。他應該做正確的事，而不是幫忙把菀宜給……」

「你給我看過那幾張借據。那樣的天文數字，即使等到你長大，或許一輩子還是還不完。正義是什麼呢？在下一秒就要活不下去的時候，正義並不會解救任何人。不是嗎？」

「為什麼現在是妳對我說這些話，方茉時？」

明達打從心裡感到不可置信：「我爺爺對妳們做出了絕對無法饒恕的事情，妳為什麼可以……」

「因為我也一樣。」茉時說。

「明達，過程我沒辦法說，但我也做了跟你爺爺差不多的事情。我知道菀宜死了。假如可以回頭的話，向周遭的大人求救的話……我想過無數次、無數次，會不會，那個人早就已經被繩之以法了呢？可是當時如果回頭，**我也會死**。我所做的選擇，等同於直接拋棄菀宜。**為了活命**，我拋棄了菀宜。我們或許都會痛恨，有些人為什麼沒辦法在當下做出正確的選擇，但有時候選擇根本由不得你……所以我決定要那樣子想，我決定，你爺爺是在無奈的情況下，做了令人傷心，但不得不的選擇。」

她在替空白的認知創造定義，以軟中帶硬的態度，解救著他們自身。

「這個男人殺掉了菀宜。有錢、有勢、有地位，背後有著隨時能幫他脫困的一群人。除了住在那條巷子的我們幾個，韶光根本沒人看過他的真面目。而爺爺呢，承受騙錢的罵名，一天到晚跪在債主面前，為自己沒做過的事情道歉。對抗這個男人的勝算究竟有多少？站在爺爺的立場，如果拒絕這個男人提出的條件，這個男人在當場殺掉自己，或是事後跑去傷害寶貝孫子——也就是你，這樣的機率又有多高？就算換成現在的我，再來一次，或許我還是會怕到哭個不停……沒有人，這個世上根本沒有任何人，能夠擁有『如果……怎樣怎樣』的人生版本。」

明達知道。

無論實際上有過幾種選擇，在人深刻思索起「如果當初」的時刻，所有版本早已被收束為一，過往定案之後，便不再有其他可能。但他也深深感受著撥亂反正的責任，他得做些什麼才行。

「現在警察已經在查了。雖然材料很不足夠，我會再去請教一些法界的前輩，然後我也會再蒐集更多證據跟資料，讓妳的繼父受到制裁……還有，想辦法克制我把自己掐死的衝動。」

「你不用費心抓他。不會成功。」

「妳怎麼知道呢？妳怎麼能這麼確定？小妞，我到底錯過了什麼？」

茉時那不只一次的簡短肯定句，感覺起來不像爭辯、悲觀或其他什麼，僅是一種直述，不容分說得可怕。

「有時候我就是知道。老實說，如果這個男人現在就站在我面前，而我的手上有一把刀，那我會毫不猶豫，把刀刺進他的心臟。拔出來！然後再刺一次！再拔出來、再刺一次……！」茉時閉起眼睛，彷彿想像著那畫面，「說我沒有仇恨是假的。我滿腦子只想傷害他，讓他受苦……但那是**別人的**工作。」

茉時停了一會兒，等待過強的情緒平復，但不甚成功。

「煩死了，」她的聲音有些沙啞，「這一切真的煩死了。這些狗屁倒灶的事情，註定讓我們成為不一樣的一群人。可是你相信嗎？任務在未來。你永遠不會知道可以在誰身上，償還你以為絕對無法消除的負罪感。所以我們今天就這樣說好了，然後繼續活下去，好不好？李明達，好不好？」

明達潸然淚下。

「而如果有一天，你遇見一個非常需要幫助的人，請你對她伸出援手。假如她躺在快車道上，即將死去，你就把她拖到一旁，陪她平靜離開這個世間。這樣就夠了。你已經是一個充滿仁慈的人了。你本來就是呀！你自己最清楚了吧！不是嗎？」

陽光從雲後噗通滾出，將他們的影子直直釘在地上。天氣終於轉晴，而且幾乎無風。伶牙俐齒的明達，又一次失去言語的力量。他身上所有的尖刺、對自我的憎恨，在面對茉時全都成為無用。

他難以想像她是如何走過十年，來到此刻。可是她強大得可以，在巨碩的無奈之中，倒下了就又爬起、倒下了又再爬起。

兩人在山頂，靠著半壞的收音機維持精神的完整。

明達一直沒有答覆「好」，他後天習來的善良不允許他這麼做，可是他知道他已經答應了。他們都決定靠著這個詭論，珍惜有人犧牲而得的這條命，暫且活下去。

8

明達、小奉和潔寧替利馬夜辦了一場驚喜生日會。

明達刻意帶著利馬夜出外亂晃。小奉學成歸國，鼻上架著一副要價十萬元的墨鏡，帶了一堆叮叮咚咚的閃亮物品，將利馬家客廳布置得美輪美奐。而潔寧不曉得被誰敲到頭，竟然烤出了一顆漂亮的草莓蛋糕，博得眾人的大力讚賞。

小奉正式回來，炒熱了生日會的氣氛。四個人大聊特聊，久違地聚在客廳玩起電動，恣意打鬧。然後在向晚時，他們一起前往星星樹林，在偷偷埋著菀宜骨灰的樹前獻上一束花，站在那裡致意。

那天風很大，大部分鳥類都未離開地面，只有一群愛冒險的喜鵲在風中翻轉玩耍。幾天以來明達有種很奇異的失現實感，彷彿應該有的東西突然不在，但什麼印象都沒能留下。

在菀宜長眠的樹底，小石子壓著一根橘紅色的羽毛。明達很確定大家都盯著看了一下子。望著羽毛的利馬夜，嘴唇一度緩緩張開，後來又闔上了，像是有什麼閃過腦海，但是沒有說的必要。

9

隔年，利馬夜突然冒出了一個新生的女兒。

當時利馬夜並沒有交往對象，至少檯面上沒有，松松也撇清了跟這件事的關聯。他們全都震驚至極，紛紛追問孩子的媽是誰，人又到底在哪。利馬夜笑著說不記得了，然後在小嬰兒的額頭輕輕一吻——實在很利馬夜，但不是那個成排舌環的他，不是染著橘色頭髮的他。

利馬夜的目光相當深沉，寶貝女兒抱在懷中，從這年開始當起了爸爸。

冷王集錦：脱離地球表面

1

二〇四三年，耶誕夜剛好一週前的夜晚，眾人約好在利馬家集會。

潔寧小心拉開後門，躡手躡腳進入屋內。

他歷盡滄桑的後背包，裝著從城外安全區買來的豐盛晚餐。他知道香氣傳播得很快，於是先將背包留在外頭。他彎低身子，側著腳板行走，探查屋內的動靜。經過廚房時，一團完全不掩飾腳步聲的黑影咚咚衝來，一躍抱上他的脖子。他差點沒失聲尖叫。

「潔寧叔叔！」小小的氣音響在耳邊，細小有力的兩隻腿環抱他的身體。

「喂，鬼靈精，妳怎麼在這？妳想害我三十三歲就壽終正寢嗎？」潔寧將她往上一抱，「叔叔真的很怕鬼，妳不能再這樣了。」

利馬蔚咯咯笑，小手摀在潔寧耳邊：「我爸爸哩？」

「他在前線處理一些事情，等一下就回來了。」

潔寧將利馬蔚放上餐桌邊。

「還有妳啊，知道要小聲說話，可是怎麼跑得比恐龍還吵？」

「因為我知道是你來了。」利馬蔚晃動雙腳。

「妳怎麼能確定？如果是別人呢？如果是『奇怪警隊』的人，那怎麼辦？」

「我會躲起來。」她眼眸明耀，深知該用什麼答案來應付大人，「但我知道不是他們，所以沒關係。」

「哎，妳真的跟阿夜一樣難搞……」

「我檢查好所有遮光紙了，可以讓房子看起來好像沒人在的那種。」利馬蔚語帶自豪。

「包括門縫跟天窗？」

「對。我也把花盆收進來了。」

「為什麼？」

「因為要下大雨了。」

「真的假的？」

潔寧靠近流理臺上的小窗，掀起映象遮光紙的一角，萬籟俱寂的韶光小城沒有燈火，夜空萬里無雲，正在灑下星光。

利馬蔚一臉滿意，眨著紫灰色的迷人眼睛搖擺點頭。

2

八點一刻，明達、松松、小奉和幾個「防禦線」的元老幹部陸續抵達。所有人分頭工作，率先在屋內的各個角落安裝匿波儀，由一人潛到街上遠距測試，確定萬無一失後，才各自打開隨身攜帶的通訊裝置。潔寧撬開一處牆板，拖出一組光達反測器，並用小桌子架了一組監聽臺。

接著他們或坐或躺，分著餐具和食物，開始了提前一週的耶誕大餐。利馬蔚戴著監聽耳機玩到一半，忽然停頓揚眉，輕巧奔向後門。

「小蔚！」松松輕聲呼喊，但當然沒攔住那頭鬼靈精。

眾人暫停低聲談話，紛紛探向武器，並將身體縮進可掩護的角落。

喀啦，後門開了。

人在廚房牆邊的防禦線第一小隊長豎起槍管，以眼神示意利馬蔚藏好身子。但她搖搖頭，不是不聽話，而是很確定一切無虞。

利馬蔚揚起頭來，在門縫微開之際，跟她父親對上眼。

3

利馬夜悄悄掩上門，對第一小隊長豎起手掌。

第一小隊長嘴角上揚，對著他女兒晃晃手指，像是想表達那些他早聽過不下百次的評語。利馬夜遠遠向眾人點頭致意，解除屋內的緊張狀態後，他蹲下身子，接受寶貝女兒的嚴肅審判。

「你又遲到了。」

利馬蔚看了一眼他頰上的子彈疤痕，這是確認爸爸完好無缺的固定儀式。

「所以我是跑回來的。」

利馬夜親吻女兒軟軟的臉頰，修剪得宜的絡腮鬍癢得她低笑扭身。

「我承認我錯了，妳願意原諒我嗎，看在我今天也很努力的分上？」

「奇怪警隊都走了嗎？」

「他們有點討厭，怎麼趕都趕不走，不曉得在想什麼。」

「那你找到嘟嘟了嗎？」利馬蔚眨著大眼睛，並在得出結論後盈滿悲傷，「都已經半個月了……」

利馬夜就愛自己女兒這一點，即使韶光居民被撤得一點不剩，而游擊戰三天兩頭就在首都毀掉一些建築物，她還是心繫那隻外型跟拖把沒有兩樣的匈牙利牧羊犬。

在動亂尚未蔓延前，利馬蔚經常用滑板遛狗，並且喜歡從門前的斜坡一衝而下。現在狗失蹤了，馬路則被通電拒馬牢牢封死。她絲毫不怕槍砲彈藥，只擔心狗的安危。

「嘟嘟已經很老了，而且沒有妳這麼勇敢。牠可能很害怕那些閃光彈，所以就找地方躲起來了。」

「壞嘴明達說，嘟嘟應該已經死了。」

「我等一下就去把他的嘴撕爛。」

利馬夜哄著女兒，目光投往客廳方向。正咬著甜甜圈的明達眼睛一瞪。

「但妳也不能叫他壞嘴明達呀？雖然他真的很壞。」

「他說如果我要當他徒弟，就不能叫他叔叔。我們現在會一起練習怎麼講大家的八卦跟壞話，又不被發現。」

「那我真的得把他的嘴撕爛了……」

利馬夜瞇起眼睛，明達故作無事，轉頭就走。

「妳知道嗎？我是在十四年前遇見嘟嘟的，某個下雨的晚上，在星星樹林裡面。嘟嘟真的已經很老很老了。」

「我知道，她們一起來的。」利馬蔚說。

利馬夜暫時望著她，就像在鏡子裡看見自己。女兒這樣子的講話方式，比起臥底敵軍一舉叛變、首都支離破碎，或防禦線被冠上莫須有的罪名，都更令他憂心。他想說些什麼，但曉得這股難以挽回正在發酵。

「阿夜，我們要開始回報會議了。今天三個行政區都有嚴重衝突。」小奉低聲說。

利馬蔚一副了然於心的模樣，將手中的柳橙汁塞給爸爸。

「你去吧，我要去問潔寧叔叔黑洞的事情。」

4

潔寧站在流理臺旁，就著微弱的黃燈，低頭操弄一架零件四散的小機器。

利馬蔚腳踩抽屜拉把，吃力地爬到檯面上坐好。這是她的習慣，喜歡在說話時跟大人視線齊平。

「這是什麼？」她問。

「這是一個……被妳爸爸摔爛的新型衛星電話。旁邊那是測距儀，一樣是被妳爸爸弄壞的。妳知道我們有一些成員走散了，他們很有可能需要我們的幫助，所以我想試著把它們修好。」

「我爸真的很喜歡弄壞東西，」她聳聳肩，從調味罐倒出一顆白色芝麻，調皮地塞進天線拉伸處的溝槽裡頭，「還有占領空屋、攻擊變電箱，跟發射各種我記不住名字的砲彈。你為什麼不過去討論？他們在講今天奇怪警隊又做了什麼討厭的事。」

「因為我想要有一點自己的時間，而不是每天都聽見壞消息。」

潔寧放下手邊的工具。從廚房這兒，可以聽見眾人討論的低聲，以及臉上的凝重神色。等一個小時過去，「自由鬥士」的傳信者也會抵達利馬家，跟「防禦線」交換情報。

首都圈所有抵禦著叛變軍力的武裝團體，在敵軍強大的輿論操弄系統之下，日漸成為舉國上下的指責對象。而每天都在誤信情報的軍方，卻根本弄不清楚還有沒有下個準備策反的單位，受到敵方滲透的人數又有多少。

潔寧忍不住覺得，總有一天他們或許必須帶著拯救這個國家的未竟之願，狼狽撤離這塊土地。他已經連續幾天拒絕加入討論了，只曉得拎著前線人員的器材，蹲在角落東拼西湊，而在某場激烈游擊戰中失蹤的兩個胞弟，至今沒有任何音訊。

潔寧從來不覺得世界很大，但屬於他的小小世界，已經隨著國家的裂解逐日扁平。剛開始投身抗敵工作時，他常常哭，主要因為沒想過這一天竟會來到，並擺脫不了在劫難逃的恐懼。他永遠都無法像利馬夜那樣，對危機做出一貫的迅速反應，一再衝向險處，而且看起來總是很帥氣。他所能做的只是替大家蒐羅食物，在這個異世界般的末日情境裡頭，努力成為團隊的力量，並且不要輕易崩潰。生命中確實是有一種時候，光不倒下便是幸甚。

潔寧拉了張椅子坐好，微微仰視這個九歲的小女孩，回應了她稍早話中的無奈。

「妳應該知道，從遇見妳的第一天，妳爸爸就已經決定要用生命保護妳。所以他總是在弄壞東西、占領空屋、攻擊變電箱、發射砲彈……」他說，「這不是一件簡單的事，我覺得有很多事情，他都是為了妳才去做的。」

「嗯，我知道。就像你也為了你弟弟很努力。」利馬蔚將嘴角往兩邊拉開，對於大部分人都不敢主動提的事情，顯得一派輕鬆，「所以我動不動就會找時間陪你。」

潔寧忍不住笑了：「謝謝老大。」

說這句話的時候，他覺得內心有什麼地方被微微撩動，好似陳年回憶，或者曾做過的夢。

「那你什麼時候才要去『自由鬥士』開會？」利馬蔚抿著下脣，笑得機靈。

「我……我是『防禦線』的成員，沒事幹麼去他們那邊。」

「因為壞嘴明達說……」

潔寧瞪向客廳，明達相當擅長感應殺意的訊號，僅看他一眼，隨即拿一隻手擋著側臉。

「你就去嘛！」利馬蔚勸他。

「現在不適合啦，」潔寧搔搔頭，臉頰有點燙，「有機會再說吧。喂……妳不要笑得這麼賊！越來越像明達叔叔了，這樣不好。」

在潔寧口袋裡，小儀器突然開始震動。

那是他許久以前就設定好的鬧鈴，久到他也不曉得是幾年前了。

「要怎麼樣才能脫離黑洞？」利馬蔚突然發問，將手上的書本遞給潔寧。

他盯著自己從小看到大的那本舊書，覺得方才轉眼即逝的思緒還在縈繞。潔寧應該確認一下小儀器上頭所提醒的「九點看茉時的信」，但他沒有，因為他專注於利馬蔚突如其來的問題，並思考著是什麼讓她有了這樣的疑問。

「妳的速度必須達到每秒三十萬公里。」

利馬蔚來回巡視潔寧的手和眼睛，直到他將小儀器關了扔回口袋為止。

「那是光速。」她說。

「但是妳也懂，世界上沒有任何東西可以跑得比光還快。」

「所以被黑洞卡住的東西，永遠都回不來了。對嗎？」

「『回來』，這是很有趣的形容。」潔寧盯著那白嫩透紅的臉頰，忍不住想看一看她深不可測的思維世界。

利馬蔚將指頭靠在脣前，彷彿想通了什麼：「但是我們可以離開地球表面。如果體重比較輕，會不會比較簡單？」

「這跟羽毛跟鉛塊會同時著地，是一樣的道理。在理想狀態下，所有物體脫離地球表面的速度，都是每秒十一點二公里。」

「聽起來很公平。」她評論道。

「妳想脫離地球表面嗎？」

利馬蔚搖頭，說話時帶點嚴肅：

「不是我。」

5

「自由鬥士」的兩名使者抵達時，厚實的雷擊轟顫整條街道，使所有人無聲屏息。當時明達正跟小奉站在樓梯口，私下談論境外資金的動向，然後無預警地，戶外下起了滂沱大雨。明達稍微掀起映象遮光紙，烏雲密布的天空正在閃個不停，雷聲與劇烈電光時而交疊、時而錯開，彷彿正從遠處跋涉而來。

客廳裡有人以極小音量放起了〈When I Was Done Dying〉，然後明達遠遠看見，利馬夜站在客廳的另一扇窗旁，也在窺視外頭。刺眼亮光從護窗板的縫隙鑽進屋內，一直線打亮利馬夜仍帶有挫傷的鼻尖。有那麼幾秒，利馬夜不著痕跡地擦拭了幾下眼睛，像是哭泣。但明達很快地說服自己，利馬夜很有可能只是覺得疲憊，那麼刺眼的光，任誰都無法長久直視。

然後恰巧，利馬蔚叫了明達一聲，向他偷偷八卦第一小隊長的一些事情。明達再回神時，利馬夜已經不在原處了。他不以為意，因為大家本來就都在屋裡走來走去、爭論、交換情報。後來快十點時，潔寧捏著一張信紙，慌慌張張地跑來詢問，眾人才確定利馬夜早已不在屋內。

二〇四三年十二月十七日晚間，利馬夜離開房屋，就沒再回來。

第三章——死亡

而今你在憎恨的時光中尋找愛，
多次拚命出擊，只為撼動命運。
你留著那盞燈。
你留著那盞燈。
始終留著那盞夜燈。

——波拿巴（Bonaparte），〈旋律X〉（Melody X）

寶貝，妳的故事還有得說呢

〔二〇四七年〕

1

利馬夜失去蹤影的四年後，人稱「小奉」的于奉羽搬離了利馬家。明達和潔寧對此紛紛表達不妥，縱使利馬夜失聯、死亡、被捕的種種揣測，在圈子裡傳得很開，還是難保敵方（或軍方）永遠不會找到家裡來，而這個家裡，有著他們所有人的掌上明珠。

小奉勸過利馬蔚跟她一起搬離韶光，她有足夠的力量和資源，能在有學校正常運作的區域安排安全屋。但小毛頭利馬蔚滿十三歲了，依然堅持無論如何都要留在這棟房屋裡頭。利馬蔚對家中進出開會的運動人士很是習慣，明顯等候著所有逝去之物的歸來。借用她的話，她「並不需要叔叔阿姨們操心」。

叔叔阿姨們向來拿利馬蔚沒辦法，也向來無法停止操心。小奉改成每週前去探望一次，對此事反應較大的潔寧跟明達，則私下分配了拜訪時間表，像是沒有確認利馬蔚的安危就會瘋掉。那張偏執的時間表甚至細分成「進入屋內」、「開車經過」、「燈火查看」等等項目，主要是為了避免利馬蔚對過度干預表達抗議。

「你們搞得好像是孩子第一天去上學。」小奉評論道。

「我們才不像一些持放任主義的強悍女性，」明達講得飛快，尖尖的聲調裡充滿焦慮，「我們是哼哼唧唧的小孬孬，看到小孩擦傷就會哭出來。」

潔寧連番點頭稱是，然後問了哼哼唧唧是什麼意思。

小奉其實很確定，利馬蔚具備足夠的防身技能——她畢竟是利馬夜的小孩。這個機靈的孩子成長在衝突時代，老愛跟在防禦線成員屁股後面打轉，學習新式抗爭武器、拆解槍枝、檢討極端狀況的標準作業程序，都算日常消遣。在父親行蹤成謎後，她甚至被大人們訓練出了一身跑酷和自由搏擊的本領。

三十六歲的小奉，至今仍保留著跟利馬夜的結婚關係，以及雙方一開始就簽名蓋章的離婚協議書。這段婚姻當然有名無實，最初是為了保障利馬蔚的成長權益，並讓利馬蔚不致因為父親的爭議身分而受害。後來，小奉的青梅竹馬暨假老公人間蒸發，她便住進利馬家的客房，成為利馬蔚實質兼形式上的監護人。

跟利馬蔚共住的四年，情勢變了很多。整個大北部的紛亂狀況邁入收束期，衝突事件降低頻率，首都的邊境地帶已經展開重建。新選的臨時領袖赴聯合國演講，取得跨世紀的壓倒性支持，至少表面上是。

漫長的戰事轉趨無聲，雄偉的集體意志，掩蓋著疲憊人心的脆弱，重蹈覆轍總在街角靜候。萬事百廢待舉，但曾經一路難行的街道上，開始有了人能穿越的縫隙。

唯一不變的是，韶光區依舊是個鬼城。第一批叛軍資金的募款地——國民的這番印象，恐怕再過個幾年也不會消融，甚至很可能被穩穩當當寫進歷史裡。到頭來，明達的父母完全不是過去韶光居民所盛傳，詐騙投顧費、洗錢、捲款潛逃的那種懦夫。他們自視革命鬥士，崇尚某種寧可玉碎的理想主義，打從最開始，就準備將這個富庶區域的鉅款投入叛變活動之中，並自願擔任第一批假情報的眾矢之的，負責為人心惶惶的氣氛搧風點火。沒有人知道他們的心智從什麼時候受到滲透，但就他們的角度而言，被滲透的向來是所有他人。

小奉還是不能懂，韶光小城是如何變得充滿彈殼，到處散落粗陋但堪用的ＤＩＹ大砲。她那棟夢幻城堡般的舊家，在一次衝突之中半毀，看起來像拆到一半忘記繼續的違章建築。當她發現自己的心毫無痛感，她知道她自由了。

小奉經常帶著利馬蔚，在韶光頹圮的建築物群中步行，並在聽見任何飛行物聲響，或偵測器開始閃爍時，反射性地滾進足夠隱蔽的堅固角落。在抗戰行動間歇之際，她們會坐在韶光區小山的山頂，靠著樹木，討論人的存在與意志為何不是非開即關，而是綿長影響著過去與未來的時時刻刻。

利馬蔚的沉著卓然特出，拜明達為師後，嘴上功夫同樣不容小覷，她驕傲、好強，是個普遍受到喜愛的人（不若四處樹敵的師父明達），但無可避免地散發著孤獨的氣質。

身為利馬蔚最愛的阿姨，小奉深知這孩子確實不同於常人。在父親失蹤後，利馬蔚照樣度日，從來沒有哭過半次。她經常不顧叔叔們的反對，時而溜進衝突區，偶爾則帶著一張不知道哪裡找來的地圖，進入星星樹林。

有次小奉出於關切，在後頭偷偷跟著。只見利馬蔚摘了野花，放到埋葬菀宜的那棵樹下——小奉曾以為這件事情只有她、明達、潔寧及利馬夜知道——然後站在林間一塊相較寬大的空地邊緣，望著空氣發呆。

利馬蔚想著許多事情的出神模樣，就跟利馬夜如出一轍。

2

小奉一直都記得，初次見到利馬蔚的那一刻。

那是二〇三四年的事情了。一個雨夜，小奉父親歇斯底里地打電話到家裡，抱怨她母親僱用來路不明的人士，跟蹤、刺探、偷拍樣樣來，騷擾著他的新家人。小奉早就知曉這回事，因為她母親已經特地給她看過照片。父親進入新家庭後，又一次外遇了。

小奉躺在過大的沙發上，沉甸甸的古董電話靠在扶手上搖晃，離耳朵有些距離。

即使她五分鐘沒吭一聲，父親也不會發覺，因為他就像是他那個年紀裡某一類型的人，總有更多想說的必須補充。

父親叨念著他為這個家做了些什麼的長篇大論，而小奉則想著以前母親那輛紅色寶馬。

是小奉親口告訴母親，父親開著她的車，去跟別的女人幽會。

利馬夜十歲慶生會那天，是她直直走出利馬家門口，親手攻擊了父親。

「讓開。」當時她說。艾納．利馬放開她父親，驚愕退開，接著小奉揮舞水桶，潑得父親一身溼，並在父親喊她奉羽時，將水桶扔向父親的鼻梁。

艾納一瞬間就哭了。小奉記得自己在內心冷笑，該哭的人真不知道是誰。艾納一語不發，扶著紅色寶馬的車身離開小沙地，沿著門前陡坡恍神離去。

「奉羽，我跟利馬媽媽只是見到面太開心了，所以擁抱一下……」

小奉拾起水桶，使勁砸向艾納摸過的車門，在那裡造成一個掉漆的凹痕。「滾，」她如此命令她父親，「不然我現在就殺了你。」

紅色寶馬駛離之際，小奉全身顫抖，腳一軟蹲了下來。爸爸開著媽媽的車，來到她好朋友的慶生會，對別人家的媽媽上下其手。太好笑了。這個世界真的太好笑了。為什麼有些人總以為自己想要什麼就能得到？為什麼！

雷聲響起時，小奉拚了命地深呼吸，在嘴邊練習發抖的微笑。踏回屋內的同時，她立誓這輩子會用生命愛護利馬夜，當他最誠摯的朋友，默默背負這件事，私自奢望總有一天能停止愧疚。

事後小奉陪著母親去報廢場，付錢請人將紅色寶馬用壓縮機壓成扁塊，再用破碎機攪成碎片。這不是為了拯救那場婚姻，比較像是清理掉讓大家心裡都不舒服的東西。

小奉的父母親，都沒有變成值得她驕傲的人。從那之後他們還會經歷六次外遇，並且在國家遭受第一次攻擊時，連夜撥電話請人壓下他們出過大錢支持明達父母的消息。從二〇三四年就已經分居的這對夫妻，將會以夫妻身分現身於政論節目，撇清不利於他們的一切傳聞，稱呼明達家為「惡匪」。

而在首都淪陷之前，他們會早早飛往各自在海外的住所，對小奉堅持留在這片土地感到憤怒，說「那群野孩子」使她的思想變得偏差。

小奉這輩子會有二十七次實際動了殺意，想要手刃將她帶到世間的這兩個人，二〇三四的這個雨夜，是第十九次。

電話那頭，父親還在繼續抱怨，認為命運虧待了他。

小奉躺著，雙手於腹部交疊，目光投向牆上的月曆。

從賦權的角度，他們這群小孩都在家庭功能的失衡中掌控了人生，但部分靈魂終究孤立於無止境的漫漫長夜。

她覺得被迫長大的人，往往能夠成為鬥士，看似堅不可摧，但必定會在某些時刻變回小孩。縮短了成長時程的人，未來經常得用更長的時間，回歸受人照顧的狀態。這是精神上的幼體延續，缺氧的幼體必須大口獲得氧氣。

「妳可能覺得妳媽媽只是個平凡的女人，但她不是。她有麻省理工學院的碩士學位。我猜她一定駭進了我的私人行事曆……」

小奉嘆氣。她的父親不明白，那些以「你可能覺得」開頭的句子，往往只是「我覺得」的一種變形。

她忍不住對自己升起一絲帶有煩悶的憐憫。

二十四歲，學成歸國，日日忍受父母傾倒情緒的電話，以彌補獨自面對空蕩房子的孤獨感。回到韶光將近一年時間，她仍舊無法習慣這一切，她無端想起利馬夜，或許他應付這一切鳥事的方法，會比自己出色得多。

也是此時，小奉的目光突然聚了焦。

因為她一直盯著的月曆上頭，在今天日期的那一格，就寫著「利馬夜」。筆跡是她的沒錯。

但她想不起自己究竟為何、是什麼時候，在上頭寫下了那三個字。

✣

小奉忘了有沒有掛掉父親的電話。她隨便抓起一把傘，行過暴雨的夜，穿著便鞋的雙腳到膝蓋處近乎全溼。她來到一條街外的利馬家，她在星星南最鄰近的心靈避風港。屋內的燈火全暗，門沒闔。

「阿夜……？」

她推開門，指腹在門板滑了一下。

全身溼漉漉的利馬夜跪在玄關，上身駝著，有如某種虔誠的信徒，不曉得已經這樣多久了。

利馬夜聞聲抬頭，身子一動，用來替嬰兒遮雨的黑色雨衣窸窣滑落。他愣怔在那兒，接著像是一瞬找回了現實感，放聲嚎泣。

利馬夜的哭聲掩蓋在嘩然暴雨中，仍令小奉悲愴。那是她第一次窺見利馬夜洞開的心靈。夜風帶雨，將空蕩蕩的利馬家吹得瘋癲作響，似鬼魂在嘲笑著誰。

「小奉，我辦不到……」

利馬夜震顫著上身抽泣，一下子就逼出她的淚水。

小奉跪下來抱住利馬夜，幫忙托穩看似隨時都會滑落的嬰兒。他的傷痛在張牙舞爪，而她只有這麼點微不足道的力量。她離去太久了，久到看不見摯友們生命裡深藏著的危機。可是現在她回來了，雙腳站在這裡，她必定會為某些人奔跑起來。她會的。

「阿夜，我在這裡。」

小奉撫摸他的背部，頰邊感受到嬰兒微香的溫暖鼻息，顫抖在後頸一路爬行。

「這實在太殘忍了……」他哭著說，語氣裡夾雜著一點憤怒，就像被剝奪掉什麼，卻無從選擇的憎恨。但那並不是出於無力，而是出於愛。「這實在……」

小奉以掌緣壓去淚水，輕聲安撫利馬夜，緩緩接過嬰兒——這孩子，她是真的。窗外流過閃電枝枒，照亮又一雙亮溜溜的紫色瞳孔，以及天生彎翹的柔順睫毛。

小奉無比訝異，卻又感到理所當然。她覺得自己好似想起了，為什麼月曆上會寫著那三個字。雋永的幻燈片掃過腦後，她曾經知道過什麼，一些相當重要的，她曾誓言認真以對的……

如今，重重偶然終於領著她來到這一刻，她彷彿聽得見那道高深意志，正掙扎推擠著寫定的命運。她毫無來由地明白到，他們日後的人生，將會為了一絲希望盡失卻殘存的愛，產生甚於過往的意義。

3

二〇四七年的這一天，城裡寧靜無事，像是迎向下一個階段的好預兆。本來該是。

原本傳聞可能繼續延期的國慶煙火，到了最後關頭，突然宣布要在舊城西南側靠近第三安全區的河邊施放，但不許民眾聚集，只可遠觀。前一日小奉徹夜未眠，全在參與民間組織除罪的談判。她在接近中午時回到其中一個棲身之處，關掉所有聯絡頻道，隨手設了個鬧鐘，一倒下就睡到向晚。

鬧鐘響起時，球式投影器開始在床頭牆面映出新聞影片。這算是她的起床儀式，在衝突高峰期，新聞直播和聯絡頻道的各種突發訊息，向來足以讓人瞬間墜出夢中，因此適合用於晨喚。她仍訂閱著在英國攻讀國際關係時每天都看的當地電視臺，此時，畫面上播著一條跨國獨家新聞：已證實為某地下組織聯絡人，年約六十的男性，在澳洲內陸遭人行刑後支解。

小奉睜開朦朧的眼，稍微撐起身子，畫面映入眼簾。

沙地上一地黑紅，四散著大小不一的塊狀物，就像豬肉攤上會出現的一些東西，適當上了馬賽克，但並未良善到全數遮掩。記者蹲在推斷是背部的斷裂肉塊旁，對著上面的死神紋身細細講解，說明這是亞太地區近年動盪情勢最大推手組織的成員標誌。外頭的圖案是什麼都好，記者用一根地上撿來的樹枝，為觀眾點出死神斗篷光影上的縮寫，闡明組織名稱藏在圖樣之中。

小奉記得自己看了很久，甚至倒帶按了暫停。然後她明白了這份熟悉感從何而來。新聞畫面裡的死神紋身，長得跟明達隨身攜帶著的一張照片一模一樣。

小奉看過它無數次了，因為她經常把玩明達的皮夾，掏出裡頭塞得滿滿的電話，逐一探問背後的風花雪月。但每當拿起這張剪去頭部的老照片，明達狡猾的笑容總會斂起，使鬧著玩的時間瞬間終結。

「存新聞檔，」小奉說，「打給明達。」

擺在床頭櫃的聯絡機亮起螢幕，才剛接通，答錄音馬上開始滔滔不絕。明達慣常的嘲諷嗓音飛快說：「嗨，看來你閒著沒事想找我，但我現在懶得理你。你可以留言，但我沒有這個功能，拜。」

通話結束。

小奉早知道會聽見這段她抱怨過無數次的臺詞，但她也不是省油的燈。

「把圖發給明達。」小奉說。

沒過五秒，明達就回電了。

「奉，把那段新聞轉給我。」他的聲音異常僵硬。

「很好，現在你知道接電話了。」

「奉，我錯了。我會改掉妳最討厭的答錄音，改成我愛奉奉奉奉愛我，求妳馬上把新聞轉過來，好不好？」

也是此時，潔寧的插播亮在他倆的通話旁，標示著「緊急」。

「……就是他。幫忙毀了韶光、毀了這個國家、毀了我，還有……」

突然間，明達不曉得自己原本想說什麼了。他強烈想將此人的死訊告訴誰，卻想不出那會是誰。

小奉將潔寧拉進對話：「潔寧，我們現在有點忙。」

「不管你們在你儂我儂個什麼勁……」潔寧那頭響著聯絡頻道的聲音，「明達，我在樓下了，你馬上下來。奉奉，妳也準備好，我等等就開去接妳。」

「發生什麼事了？」

小奉輕按呼叫器，跳下床鋪迅速穿衣，邊從投影球讀取聯絡頻道的消音通知：

「哦……車站附近，有武裝民眾跑來劫持投降的叛軍……我看到了。」

「我早就叫他們不要那麼快修理公共設備，只會浪費更多錢而已。」明達的聲音忽近忽遠，似乎也正在著裝，「我看看……他們干涉訊號、破壞電網，然後扛著大管亂噴電絲彈……一般民眾最好會有電絲彈！民眾個鬼咧！我才不信！」

「政府現在最想抓到防禦線的小辮子，相信我，這不是惹事情的好時機。」小奉套上防彈背心，「所以等一下大家先打散，防禦線的標誌也都拿掉。我會聯絡自由鬥士第七小組，讓他們帶我們的成員從西三六位置進去舊城……」

「……那些都不是重點！」

潔寧大喊，聲音瞬間薄弱成絲：

「你們應該看一下利馬蔚的定位在哪裡！」

亞德里分

〔二〇五七年〕

1

十年過去了，他的感受只有一秒。

睜開眼時，利馬夜看見一整片灰色天空，連接著碧綠耀亮的海水，麥黃色的沙灘往兩旁無限延伸，縫起大洋與大地。這是海崖邊緣的一座雙人沙發，他感覺握著一隻溫暖的手，於是轉向右側。

「利馬夜。」

「我又在做夢了，」利馬夜說，「我經常夢見妳。」

「這次不是夢。」

利馬夜伸出有著數道刀疤的左掌，碰觸茉時的臉頰。

他帶點疑惑，細細檢視著她臉上的一切——該是三十三歲的她，看起來就像二十出頭的年輕女孩。那頭微微波浪的褐色短髮，比十年前分手時長了些，塞在耳後，露出了有些傷心的眉眼。

利馬夜將額頭靠上她的額，鼻尖的挫傷低迴痛著，兩人眨著眼，順從無須言語的心有靈犀，輕而緩地親吻。

「所以我死了嗎？」他說，逗得茉時笑了。

「你沒死，但你不該來這裡。你必須趕快回去。」

她捉起他的手掌，放到彎起的雙膝和嘴脣之間，在閉眼時握得更緊了些。

2

「好囉大情聖，兒童不宜的畫面到此為止。」

再睜眼時，利馬夜的屁股底下一陣冰涼。

環境溫度大幅下降，強烈寒風由腳底轟然上湧，夾帶一陣衝擊，將他的連身兜帽猛地掀翻。

定睛一看，他正掛坐在巨大郵輪的甲板欄杆上，問題是，整艘船幾乎轉了九十度——郵輪斜立在遙遙無際的深色海洋中央，船頭已在剛剛那次震動中入水。

就在他肩膀斜後方，船尾鏽蝕的金屬螺旋槳文風不動，表面附著的深苔半乾不乾，彷彿已懸空一段時間。

如果這不是在開玩笑，那他大概正坐在史上最可怕，並且毫無保護措施的雲霄飛車頂端。他捏緊溼滑的欄杆，轉回右側。茉時已經不在那裡了。

一頭紅髮的中年女子，有些荒謬地，與他共坐在重心稍不穩就會墜落的船尾欄杆上。但她神情愉悅，長髮攏在右肩，頻頻走調地唱著歌，許久後利馬夜才聽出，那有可能是妮娜．西蒙的〈I Wish I Knew How It Would Feel To Be Free〉。

「妳是……」

利馬夜搜索著詞彙。

二〇一九年帶走茉時的那個女人。

自稱珊珊的那個女人。

挾持他所愛長達二十多年的女人。

「Uh-uh，」珊珊自鼻尖輕聲否定，一隻手指左右搖擺，「最後一項，麻煩刪掉。我沒有挾持任何人，我只是小茉在這裡的……監護人。唉，這個詞很難，我老是會忘記。」

「妳聽得到我在想什麼？」

「因為這是需要百分之百誠實的世界。」

「這裡？」利馬夜四顧蒼茫的海洋，以及環繞著將死之船的暗色薄霧。

他可以聽見下方人們的尖叫聲。他們一個個滑向如今不知等同幾層樓高的下方，旋轉著撞擊船身結構的壁面，啪啦、啪啦地落下。

「這是茉時在的地方？」

「嚴格來說，這裡是我的思想世界。跟圖書館不一樣，但很靠近了。以比喻而言，就像南冰洋環繞著南極大陸，我們現在就位在邊境的地方。你也知道，因為你並沒有進入圖書館的資格，但你，明明已經三十四歲的你，卻跑來跟蹤小茉，企圖硬闖圖書館，所以就發生了這樣的事。」

珊珊將手掌平舉在眉前，指向不遠處，一個小小的浮島。

「利馬先生，你看見那個小到只坐得下兩個人的浮島嗎，有椰子樹的那個？從前我也跟別人來過這個場景。但當時我們只是置身事外，遠遠看著這艘即將沉沒的船。」珊珊輕巧眨著帶有皺紋的綠色眼睛，「那是我很年輕的時候了。現在，我卻坐在這艘船上。」

「所以呢？為什麼我會跑來這裡？」

利馬夜更想知道的是，茉時人呢？

「因為我有一些話想對你說。雖然現在看著下面的氣氛，讓人多少有點忐忑不安……」

珊珊輕嘆一笑，後頭撫過無窮深意。

「我不介意打破規矩。不過利馬先生，你大概是我所看過最固執的伴侶，**我們這種人**的伴侶。我知道小茉第一次離開的時候，十歲的你躺在地上，想盡辦法保持清醒。

很帥，但某種程度上導致了你後來的心神崩潰。

「我知道，小茉第二次準備離開的時候，在海邊、在夜裡，你把她告訴你的一切偷偷錄下來。不得不說，這招真的下流了點，但我喜歡。或許，這是你跟冷王先生學來的點子？

「小茉撕掉你的記憶小紙條，你也醒著，而且不害怕。從她第二次離開後的每一天，你都在聽這些檔案。小茉的一切，一年又一年，從所有人的腦袋裡漸漸流失，只有你，沒有真正把她忘掉。你還花大錢僱一位性感的駭客，在世界各地追蹤小茉。你在喀什米爾的新聞帶看見她，在佛羅里達一場車禍事故的行車紀錄器裡找到她，你甚至做出複雜的時序地圖，就為了搞清楚她到底在做些什麼你不懂的事情……」

「我不知道該說什麼，」利馬夜望著大船附近逐漸旋繞的海渦，「還有什麼是妳不知道的？」

「請別擔心。至少我只是蒐集情報，沒有用眼睛偷看。所有香豔的畫面，我都錯過了。」

珊珊說完提起眉毛，彷彿覺得可惜。

「我想，你們今天原本是在吃提前一週的耶誕大餐？今天也聽過錄音的你，應該非常明白，我們這種人向來只能根據圖書館裡的巨量資料，拼湊出世間的事實。我知道這麼多關於你們的小事情，只是因為『保證小茉能夠執行任務』，是我所選擇的最後一個任務。」

「所以說，這一切是會結束的。」利馬夜說。

然後茉時終能像個一般人，在真正的地表上過日子，而不是游移於他所不能懂的奇異維度，體驗著近乎永夜的生命。

「如果小茉明天決定回到正確的世界，好好過個幸福人生，那是可以發生的。」珊珊說，「但你猜猜，為什麼她卻一直沒有回家，變成了一個看起來有點狠心的女人？」

「因為……」

利馬夜憎恨著自己早就有想過，卻是唯一合理的答案。

「這是她的選擇。」

「利馬先生，你曾經聽我說過，假如小茉二〇一九年沒有進入圖書館，她會死，沒多久後你也會自責而死。嚴格說來，我想死亡與否，對當時的小茉而言，已經沒那麼重要了。失去菀宜是她最大的遺憾，所以隨後這麼長久的時間……」

珊珊指向無垠大海某個看不清的遠端，古銅色的光彩耀亮一閃，如海市蜃樓。

「她一直待在圖書館的邊陲地帶，翻找著有跡可循的未來，想辦法讓你們每個人存活下來。」

「存活……？妳是指，在已經淪陷好幾年的首都，每天過著提心吊膽的游擊生活，偶爾必須跨過戰友的屍體，一邊怕女兒隨時會受傷、會死……像是這樣的『存活下來』？」

若這就是失去小茉所能換來的一切，利馬夜寧願她不必離開。

「在最初的版本裡頭，你甚至不會有女兒。」珊珊想起一些事情，滋潤了她溫和的神采，「不得不說，人的意志力也是改變事態的頑強力量。你當然也推動了某些什麼。在今天見面之前，我特地去查了那一大批資料。如果小茉當年聽你的話，留在原本的世界……我敢說她差點就要動搖了，這也是為什麼你們最好不要見面太久。假如她二〇三三年沒有又一次離開，事情會變得怎麼樣呢？這個國家有超過三分之一的人口，會在四年內陸續死亡，包括你，冷王、明達、小奉，還有你每一個革命夥伴，全部。」

「妳的意思是，茉時掌握著這麼多人的生死？她的任務是拯救這個國家？」

「不對，」珊珊搖頭長嘆，「你還是沒有搞清楚。在這世界上，沒有任何一個人是**關鍵的英雄**，也沒有所謂的終局之戰。混沌不是這樣進行的。國家不是她拯救的，而是**你們所有人**拯救的。國家不是因為誰而淪陷的，而是因為所有人而淪陷的。沒人能夠單純犧牲一件事情，就換回所有人的幸福。小茉只是在關鍵的時刻，幫助關鍵的人事物，到達了正確的位置。每條事件線都彼此糾纏，我們這種人透過任務對情勢做出的每項干涉，都存在著無從預知的次級效應，而且經常無法逆轉。

「今天她把一家商店的玻璃門給打破，她可能改變了某個人的死期，卻只是延後了三天。於是她再一次想辦法調整，她用車堵住一條巷口，這次的作為導致這個人不再面臨迫切的死亡，至少不會馬上死去。於是這個人在數年之後，查出了蛛絲馬跡，阻止了另一批人，在首都引發大規模爆破。於是，大部分人沒有在當下死去，版本被扭轉了。但是還活著的你們，有了一個可愛女兒的你，就此踏上了長年混戰的道路。

「我們這種人的每一步，所能造成的翻轉可大可小，而且總是只有在選擇過後，才能驗證方向改變了多少。小茉只是無數圖書館人的其中一個，我也是、戴仔也是、小研也是，當有這麼多人在偷偷改造事情的樣貌，事情就永遠沒辦法變得全然美好。所以這個世界，仍舊這麼令人難以滿意。用盡全力跟徒勞無功，常常只有一線之隔。」

利馬夜可以模糊想像圖書館大致是個什麼樣的體系，他十年來的每一天，都在反覆思忖著這一切。可是唯有一點，他從來沒有想明白：

「是誰決定你們可以辦到這些事情？預見未來、影響人的記憶……還有身體。茉時第一次回來的時候，還有剛剛我看見她的樣子……這根本不是發展遲緩的問題，看起來比較像是……她的時間，流動得比正常速度還要慢。」

珊珊點點頭，對利馬夜的切入角度略顯滿意：

「聽起來很不可理喻，根本違反了已知物理的好幾條規則，不是嗎？身體去了哪裡？這是個我們一直沒能找到的答案。因為進入圖書館的瞬間，無法受到其他不具資格的人所觀測，就算架攝影機也記錄不了，訊號總是會受到強烈干擾。無法觀測就無從分析，無法分析，也就無從假設與驗證。

「但我們所發現的是，待在圖書館建築物的本體裡面，時間流動的差距不會那麼誇張。離小紅門越遠，時空扭曲的效應就越明顯，即使對當事人來說，經常只是一眨眼的事情。小茉那次離開……她走得很遠，太遠了，我擔心了一陣子。包括我在內的許多人，都沒有去過那麼遠的地方。或許因為這樣，現在她漸漸能夠看清一些事態的歸結方向。她對長遠事件線產生了無與倫比的判斷能力，以比喻來說，有一部分很像第六感。雖然你聽了大概不會開心，但這些能力，確實都會隨著命脈往下繁衍。」

利馬夜沉默著，吐出長長鼻息。

他早就知道了。

看自家女兒那個樣子，他怎麼可能不知道呢？

「就結果而言，在現實世界的維度當中，這每趟旅程都讓小茉消失了十年之久。利馬先生，追求真相需要代價，但並不是只要付出代價，一切就能如願。活在這樣子的世界裡，我們渺小得只能用短暫生命裡大把大把的時間，去換回一點點答案。

「我是在十多歲的時候，第一次遇見圖書館。我無法理解它背後的龐大意志，還有什麼叫做天賦使命。它所要我們去做的事情，有時候從表面看起來，根本就跟正義背道而馳……為了跟這種煩人的焦慮抗衡，我學習量子物理。在現實世界，這名物理學家或許充滿遠見，但當回到圖書館，我還是經常覺得自己一無所知。

「並不是所有圖書館人都願意像小茉那樣，認真研究能對未來做出多少改變。有很大一批人，擁有資格的人，其實都對這個機制嗤之以鼻。也有更大一批人，根本不想管什麼任務，反倒想要揪出這整個玄妙機制背後的主宰者。那類事情，我這一、二十年也參與了不少。嚴密追蹤每個圖書館人所執行的任務，是怎麼影響事態。研究大家的基因型，去分析為什麼會產生這樣的體質差異。試著建構圖書館內部空間的物理假說，並跟所謂更上層的『未知力量』溝通……」

利馬夜此時想起，在最開始的對話中，珊珊確實曾向茉時提過，有人想在那個世界裡面打造微中子探測儀。這聽起來是個各行其道的團體，多產得令人望而生畏，智識力量樣樣齊備，但意志大幅分歧，未被執行的任務所在多有。

「這裡頭是真的聚集了許多聰明的人。但我們所知的仍然非常有限。目前的定調比較接近於，這是一個能夠儲存所有圖書館人意志與生後記憶的中繼空間，從人類歷史初期就已經存在。這是意志的場域，包括圖書館這個形體也好，查資料這個形式也好，都是人類意志的具像化。不透過這種『套用』，我們就沒辦法好好理解，我們被賦予的使命究竟是什麼。

「你剛剛問，是誰決定讓我們進行這樣的探索？誰在影響著可能的未來？經過這麼多年，我終於想出了一個適合的詞。不是神，不是Boss，不是組織頭頭，不是任何一種我們私底下替未知力量套上的綽號。我覺得那是宇宙機器。比老大哥更強大的老靈魂。」

「老靈魂……」利馬夜幾乎沒有發出聲音。

「在我看來，圖書館對現實的影響，就是個巨大無比的思想實驗，」珊珊說，「我們果然都是神的螞蟻。你可以想像，人類科學家從側面觀察精心設計的螞蟻農場，我們會不會稍微改變路徑的安排，看看牠們有什麼反應？」

利馬夜想起了所有虛擬空間裡人物覺醒的故事。他們辛勤耕耘生活，有天才發現，世界其實存在一戳即破的邊境，「真正」的「人」從外頭做著實驗，而眼前所有幾可亂真的一切、有過的吉光片羽，僅僅是建構出的資料片段，一個可以隨時從頭來過的無機程序。

「螞蟻不會理解什麼是螞蟻農場，至少最初不會。而人類總想看看螞蟻能夠領悟到什麼程度，於是拿起能夠發送細微電訊號的裝置，試著向其中一批螞蟻發送訊息：

你們可以改變你們的世界。你們可以改變未來。這時候螞蟻會怎麼做呢？人類相當期待。」

利馬夜不禁希望，這只是珊珊另一個生動的比喻。

3

「太久了，利馬夜。」茉時握緊他的手掌搖動，像是希望他馬上清醒。在綠光波波的海崖上，暖風流過雙人沙發，向兩旁分流而去。

「我還有想了解的事情。」利馬夜說。

「你知道在外面已經過了多久嗎？」茉時語帶哀求，「這對你來說是不必要的。一般人的精神會磨損。再這樣下去，你可能會永遠都醒不過來。你也可能會死……我根本不知道你會變成什麼樣子。利馬夜，拜託你……」

「如果那樣，我是不是就可以永遠待在這裡了？」他打趣一問。

茉時氣急敗壞，試著鬆手，但利馬夜扣緊彼此的指頭。他擁抱她，輕撫她的髮絲，違抗不可抗的意志無與倫比。

「這是我的選擇，」他在她耳邊一吻，「沒有關係的，茉時，沒有關係。」

我愛妳。

他想著。

在這個百分之百誠實的世界，這是他唯一不需要說出口的事情。

4

船隻如今慢慢豎立，來到接近九十度的地方。

沉降已經開始，並且慢慢加速。

他們還勾坐在強風驟起的船尾，觀看蓄勢待發的浪線。利馬夜很清楚，整艘船終將葬身海中。仍在哀號著的人們，還緊抓著破碎門框的人們，永遠無法抵擋宇宙的奉行不悖。

「小茉說過你很倔。」珊珊瞇眼笑道。

「我知道。」利馬夜說。

「別誤會，小茉是很擔心，但在我看來，你這份固執挺迷人的。」珊珊雙手攏合，驚呼一聲，「你看，現在你也在挑戰身為人類的極限，不是嗎？圖書館的機制是，離開世間太久的人會被忘記。老靈魂拿著電訊號的干涉器，影響著我們的靈魂和心。以實驗角度，這是在消除不需要的變項。老靈魂會讓被留下來的其他人，把所失去的視為死亡。」

「我辦不到，」利馬夜將右掌輕放到心臟上方，「因為我是活生生的。犧牲一個人，換來一個看似比較好的結果，這真的合理嗎？眼看一個人離開了一年，感覺很痛苦，離開了兩年，回過神來才發現日子過了。然後呢？三年，四年……十年，二十年。你會慢慢習慣看不到這個人。回想一切的次數慢慢變少。然後總有一天，她會**真的死掉**，從我的心裡死掉。而我所能做的，卻只有聽著那些帶子，想辦法搞清楚這是怎麼一回事。努力活下去，努力不要忘記……」

「你當然可以不斷想辦法，讓自己長久記得。但她仍然不會回來。我想她已經下定了決心。利馬先生，你現在所擁有的一切，偶爾能感受到的美好，都建構在你們註定無法共度人生的前提之上。這很殘忍，我知道。可是你也已經明白，小茉沒有離開，就沒有後來的你，沒有你，防禦線不可能發展出那麼強的組織力道；明達也沒辦法在那次衝突，成功說服那個小小的叛軍；小奉不會有辦法一路攔下那麼多筆地下交易。在我們所生活的島嶼上面，這場動盪是一個很大的轉捩點，你們幾個韶光區的孩子，則是關鍵的鑰匙。你一直堅持看著你的遺憾，它很強大，但你沒看見那些已經被抹除的，更糟糕的可能，而那就是小茉用犧牲所換來的東西。」

「對。因為我只是一個平凡到不行的普通人。我在意的就這麼一點小事，沒有犧牲小我的情操，也不想管國家會不會毀滅。我們是老靈魂的寵物嗎？我是螞蟻，是公式裡多餘的變項？無所謂。就算個人的意願微不足道，就算永遠醒不過來，從頭再來一次，我還是會做出相同的選擇。」利馬夜緩緩說。

在茉時目標明確、充滿孤寂的生命之中，哪怕再多一秒，他也想待在她的身邊。無端的恐懼在他的胸口竄動，那是一種預感，彷彿是錯過此時，機會就不會再次來到。

「所以我說，你們這些男孩子，總是傻得讓人很喜歡。」

珊珊拋了個媚眼，拍拍利馬夜的手背，示意他抓穩了。

半秒後，船身開始疾速下衝，帶所有碎裂的靈魂邁向自由落體。

珊珊的紅髮往上飛飄，在感覺如同永恆的墜落中，她大聲喊道：

「你知道愛跟思念——那是最最重要的事情！」

他們的身體慢慢浮起。

利馬夜捉緊欄杆，等待著撞擊入水的那一秒。

5

再睜開眼時，利馬夜躺在副駕駛座，身體重得跟鐵錨無異，瞳孔莫名放大，腦子裡飛快切換著各種音樂。他在安全帶下奮力挪動身體，沉重的頭一個歪垂，將開著車的人看了個清楚。是茉時。

「茉……」他的嘴巴半開，遲遲沒聽見自己吐出後面的話語。

「你回到現實世界了，睡了很久。現在感覺可能會不太舒服，但我們沒時間找醫生。我先幫你注射了一點藥劑，來緩解你的痛苦……」

她飛速換檔，方向盤一轉，將車身甩進岔路，躲過一顆不知從何處飛來的大型電絲彈。

砰！離心力將利馬夜使勁甩向車窗。他左右亂旋的目光落在後照鏡上，越離越遠的來時路口，在五秒後炸出一道炎柱，噴飛了好幾個人孔蓋——那些人又在對地下管線動手腳了。

在他腦中，緊接在許多首持續一兩秒就被切換的樂曲後頭，海灘男孩突然開始齊聲大唱〈Wouldn't It Be Nice〉。不論這位三心二意的播歌傢伙究竟在幹什麼，感謝老天，他總算選好了要放哪一首！但利馬夜發現，這應該是潔寧老愛逼他聽的那張合輯，他向來不甚中意。利馬夜將痠痛的肩頭吃力推向耳朵，想搓掉耳機，這才發現那兒什麼都沒有。

「我不要聽音樂……」他喃喃說著，在車子輾過一個巨大障礙物的晃動中大叫出聲。他全身滾燙，從指尖到腳趾間的多處都在經歷著發炎反應。

「抱歉，現在路況不是很好。」茉時拔出腰間的砲管，對著左邊巷口射出一發閃煙彈——利馬夜覺得，那好像是他的裝備。對，他那晚離家前帶在身上的大部分武器，現在都配戴在茉時身上。

「哦……」利馬夜搖擺著嗑藥似的腦袋，試著想說點人話，但被路旁的大型軟型電訊看板給捉住目光：二〇四七年。他輕輕眨眼，然後噴出連串傻笑。原來這是夢！所以情境才會如此顛倒。茉時是防禦線的成員嗎？茉時搶走了他的裝備嗎？都不可能吧！這是夢。他離開家的時候是二〇四三年，而他進入奇妙的世界，頂多才過一小時而已。

你看看，黑夜的街道，廢棄大樓外牆上的複雜塗鴉式樣——那是防禦線跟自由鬥士用來溝通的暗號。這裡明顯是舊城。而聽聽那遠近起落著的砲彈聲，衝突怎麼可能到了二〇四七年還在持續！在利馬家提前一週的耶誕聚會，小隊長就已經說了，境外勢力所控制的叛軍正在地下化，僅剩的國軍也開始準備將防禦線、自由鬥士、天空守護者這類擅長游擊戰的民間勢力編列成暫時性的支援軍力。所以他才會不顧一切想要見到茉時。不是嗎？

這不可能是現實世界。這不是。

「妳會回來一個好家……」利馬夜的眼睛半閉，語焉不詳。

「我曾經覺得，這是我一個人的事情。」

茉時右腳一踩，將車速帶到使利馬夜暈眩更甚的境界。

「但我錯了，我想我們是一體的。你也在我的命運裡，我不該擅自替你做決定。可是你知道嗎？我想我在這個世界所留下的，並不會消失。然後總有一天，我們一定會再相遇。利馬夜。」

海灘男孩在利馬夜的腦袋裡唱起下一首歌，他皺起整張臉，覺得鼓聲就快從內而外，將他的眼珠給敲破了。一恍神時，茉時捧著他的臉，給了他帶有顫抖的長長一吻。他很確定車子停下了，遠處的夜空中有彩色瀑布正在發散下墜，照亮他們的側臉，是煙火。

利馬夜的眼淚流出兩邊眼角，墜入沒有耳機的耳廓。在他脹紅的鼻尖上，四年前生成的挫傷還未痊癒。在茉時為他蓋上一條防火布時，他斜靠在車窗邊半張著嘴，望著茉時從駕駛座門邊直線離開，努力說著幾許殘破的話語。

一陣疼痛從後腦中央如蛛網蔓延。海灘男孩又唱了下一首歌。他眨掉淚水，覺得時間又跳躍了一次。從馬路左側大樓的某扇窗戶，一個身影在爆炸聲中破窗而出，精確瞄準人行道上的小小的緩衝墊。砰！有輛車子猛然急煞。砰！一顆電箱炸開了。砰！紅色的、藍色的、黃色的，巨大的星點自黑夜墜落，划過他溼潤的瞳眸，雋永得令他打顫。砰！明達站在馬路右側，聲嘶力竭地大聲呼喊。砰！利馬夜現在在某人的背上搖搖晃晃，巨碩的背，忍受不了太多痛苦的低泣聲音……是潔寧。

「不要……咿……茉……」

利馬夜閉上眼睛。

6

再睜開眼時，利馬夜吃著草莓蛋糕。沒有任何他所愛的人殘忍離去，沒有孩子死亡，沒有國家的碎裂、可悲的內反，或者長期忍受痛苦的必要。

再睜開眼時，利馬夜回到了那塊巨岩之上。長命的嘟嘟還在浪線邊憨傻奔跑，沒有被敵軍給開腸剖肚，拿來寫成嚇阻用的血字標語。

再睜開眼時，利馬夜坐在房間裡的窗臺邊。韶光區燈火未滅、持盈保泰，星星樹林永遠是片狹長的分水嶺，他也永遠是那個小孩。

十年過去了，他的感受只有一秒。

冷王集錦：亞瑟・克拉克第三定律

1

潔寧：

我在二〇三三年寫下這封信，給二〇四三年的你。

如果你還活著，代表這不是最糟的版本。

請你參考目前的實際情形，做出相應的判斷。(A)假如韶光區的訊號塔被炸毀，請你去第六安全區找電光烘焙行的老闆，告訴他ZC-56任務沒有成功。(B)假如韶光區的居民被撤離，請你今晚務必阻止利馬夜離開家裡。

耶誕快樂。我很想你。

你最好的朋友之一

利馬蔚就著天光，又一次閱讀這封距今二十四年的信。她可以閉著眼睛，一字不漏背出全文，並且想像著在叔叔阿姨口中，母親那總是冷靜又不失溫柔的口吻。同樣又一次地，她仍然不曉得，當晚阻撓了潔寧讀信的自己，究竟做出了對或錯的選擇。那年她才九歲，最大的心願是幫助利馬夜在那晚離開家，讓父母得以重逢。

但是結果呢？

當她在爆炸時破窗墜落，底下那臺失速的軍用車輛緊急踏下煞車，但還不夠。利馬蔚原本很確定自己會準確落在緩衝墊上，她甚至看得見明達就在對街了，死神卻從視線死角飛速前來。

她心想，她可能會死。但很奇怪，有人突然抱住了她。她們一起懸空，彈了好幾公尺才重新落地。事後利馬蔚發現，身上的血都不屬於自己。而那有些熟悉的香氣，她在天窗房間的衣櫃裡也曾聞過，因為利馬夜一直留著房裡的每樣物品。

利馬蔚哭了出來。十幾發電絲彈從街區外往這裡發射，殘忍的飛行聲音，被煙火的炸裂聲所掩蓋。某個隸屬於自由鬥士的男生從消防栓邊竄出，一扛起她就開始瘋狂奔跑。她看見明達衝了過來。在短得像是永遠的幾秒鐘裡，她所能哭喊出的只有一聲：「明達！」那充滿無限悔恨和沉重訊息的喊聲，像在明達耳裡發揮了作用。明達衝向快車道，抱起了那個奄奄一息的女人，她的母親。

聽大家說，她失蹤四年的父親，當時就在一個街區外的車子裡，譫妄著、哭泣著，目睹了這一切。多發性腦部出血，腦部的預設模式網路系統明顯受損，靠著命懸一線的手術，好不容易才躲過鬱血性心臟衰竭的命運——那些人甚至動了刀，不為治療，只為檢查利馬夜的身體是否曾被敵軍注入發訊器、神經放電小體，以及生化小體那類危險的新東西。

短短幾秒的時間，他們一家重逢了。

好殘忍。

✢

利馬蔚撫摸父親熟睡的臉，只剩半截的無名指上，戴著一只細細的訂婚戒指。她在利馬夜的肩膀旁趴下，握住他充滿刀痕的手掌，紫灰色的瞳孔靜靜眨著。

「我做錯了嗎？」她低聲問。

「妳沒有。寶貝。」

利馬蔚轉過頭去，利馬夜已睜開了眼。

他的話充滿氣音，輕得若不注意，就會捉不住之中的懊悔。

「小蔚，我從九歲的時候就知道真相了。但我沒想過會是這樣，沒人想得到。因為這一切……好難。寶貝，對不起。我很抱歉……」

每逢這樣的片刻，利馬蔚總是克制不住哭泣的衝動。因為她比誰都清楚，此時的利馬夜清醒無比。現在他就在這裡，彷彿能聽見她繞著這顛簸人生打轉的心緒，彷彿只要他願意，他又可以在街道中破風而行，為了傷者發射掩護的砲彈。他會占領空屋、攻擊變電箱，他或許總是遲到，但從來不曾缺席。

「我又看到嘟嘟了，」利馬夜口吻低緩，目光沿著天花板爬行，「柏莎阿姨也來參加我的慶生會……她帶了五個行李箱。」

他慢慢伸開五隻手指，當作一種強調。

「哦。柏莎阿姨，妳在這裡！」

「對，我在這裡，」利馬蔚撐出一道微笑，「你好嗎？」

「我跟潔寧一起打電動，破到最後一關。他很開心，就用角落生物的T恤擦鼻涕……」利馬夜左右張望，將手遮到嘴邊，壓低聲音，「他笑起來很憨。」

「阿夜，你當年明明說我像抖森！」

潔寧抱著插有鮮花的花瓶，探身進入房間：「你這個說謊的臭小孩。」

利馬蔚將花瓶放到窗臺邊，稍微推開窗戶，讓九月的暖風充斥房內。

「怎麼處理別人帶來的花，這是我跟阿夜學的。」潔寧說。

他們都坐回椅子上的時候，利馬夜又睡著了，嘴邊帶點上揚的弧度。

「以前他會用樓下廚房的小凳子，很賢慧地把花梗斜斜剪掉，」潔寧望著利馬夜，「他教我什麼時候應該換水，還有應該把花放在家裡的什麼地方。」

「我爸爸會做很多事情。」

「這是真的，」潔寧隔著被單，拍了拍老夥伴的肩膀，「有時候我覺得自己老在幫他收拾殘局，有時候又會覺得，其實是他在照顧我。」

他們坐在房間裡頭，稍微談論了一下利馬夜的近況。

「有時候他會跟我說，他又去了亞德里分。」

潔寧若有所思：「在因紐特神話裡頭，那是由賽德娜所統治的冥界。」他接著補充：「原意是住在地底下的人。」

利馬蔚覺得這是個很好的比喻，假如它是比喻。因為感覺起來，利馬夜疲倦的靈魂早已星羅雲散，大部分時間都流連在遙遠的境地，偶爾才會恍然歸來。他的睡眠不太安穩，會像貓一樣划動手腳，在夢中回顧過去的許多衝突時刻。

「妳知道那是什麼地方嗎，小蔚？」

感覺起來潔寧所要問的，並不是神話裡的亞德里分，而是利馬夜有時會瞪著眼睛，語帶無助，叫利馬蔚千萬不要進去的那個地方。

「妳在衛星電話裡面，放了一顆芝麻。」潔寧說，「十年前，我把阿夜從車子裡扛出來的時候，他穿著失蹤那晚的衣服，身上的配備都不在了，但是帶著我幫他修好的衛星電話。像新的一樣，電量全滿，通訊功能測試起來完全正常。阿夜消失的那四年，我每天都在呼叫他。妳知道我們有暗語對吧？我跟阿夜的暗語是，『小達達喜歡小隊長』……但是電話完全不通。妳也打過好幾次。妳還記得那種好像沒有空氣一樣的安靜，對不對？」

利馬蔚輕輕點頭。

「我仔細檢查衛星電話的時候，拉開天線，芝麻竟然還在凹槽裡面。一把它捏碎……」潔寧輕碰食指和拇指，「就跟剛炒好的一樣香。茉時老大沒有成長，芝麻沒有腐爛。在我看來，那是一種很奇妙的時空場。」

「潔寧叔叔……」利馬蔚抿起下唇，「你知道這是我們第幾次講到芝麻的事情了嗎？」

潔寧從襯衫口袋抽出從線圈本撕下的一張紙條，上頭畫滿了正字記號。他也不甚驚訝，掏出筆來，用帶有白髮的鬢角按開，在上頭加了一畫。

「亞瑟．克拉克基本定律。」他說。

「那是什麼？」

「定律總共有三條。第一，『如果一位傑出的老科學家說某件事情有可能，那他很可能是正確的。但如果他說，某件事情是不可能的，那他很可能是錯誤的』。」

潔寧從另一個口袋撈出一組東西，放進利馬蔚的掌心。

從某個時間點開始，或許從父親消失後，她就沒再看過這對耳機了。父親說這是媽媽的老東西，請潔寧叔叔修了好多次。

「第二，『想確認某件事情是否可能，唯一的方法就是跨越界線，從可能進入到不可能』。」

潔寧接著打開手提包。

他將一個裝滿手寫筆記的黃色資料夾，擱到利馬夜的床緣上。

「這是妳爸爸花很多年思考，才得出的一些推測。原本貼滿了這房間的一整面牆。他失蹤之後，我就先收起來，因為怕妳擔心。哦，我也在旁邊加了一些註記……妳可以參考。小蔚，我想把這些東西還給妳。這是屬於你們的家庭故事，妳有權利了解。」

「第三條定律呢？」她問。

「充分先進的科技，往往與魔法無異。」

潔寧微笑，看在利馬蔚眼裡，比任何男星都更迷人。

2

利馬蔚結婚那天，典禮辦在韶光區小山的頂峰。潔寧叔叔、明達、小奉阿姨，還有坐著輪椅的利馬夜，都在第一排比肩而坐。往後望去，分別是防禦線、自由鬥士、天空守護者的老少成員。之中多的是利馬夜的舊友，以及一路照顧利馬蔚長大的「父母親」。

當年那名將利馬蔚扛離戰線的自由鬥士青年，頂著兩個靦腆的笑窩，站在她眼前。從這座很難稱作山的小丘，利馬蔚可以看見朽蝕的舊時建物，不受大部分人歡迎的電箱破壞紀念碑，以及小奉阿姨刻意留著的那棟半毀豪宅。

明達大聲吆喝「趕快來個深吻，不要浪費大家的時間」，她扮了個鬼臉，笑著親吻新郎。

她見到了許多人，與眾人談笑，回憶她小時候的不聽話。他們恭喜著她，接著總會走向利馬夜，拍拍他的肩，或單純共坐，或長時間自顧自講個不停。利馬夜紫灰色的眼睛很是安寧，有時候會認出對方，有時只是一臉天真地望著飛鳥。

在一個空檔，利馬蔚看見遠遠的林木旁，靠站著一個白髮蒼蒼的男人。他身穿俐落的深藍色西裝，一隻眼睛戴著眼罩，及肩的前髮向後梳，在後頭紮成一個圓圈，笑起來相當帥氣。在目光交會時，老男人高舉起一臺綁著紅緞帶的老舊黑色收音機，以嘴型對她說了聲「恭喜」。他一手插著口袋，將收音機放在草地上，而後轉身離去。

利馬蔚站在那兒。

她聽得見胸中悶悶的預感，還有一些沉睡已久的情緒。

最後，她拉起裙擺，將高跟鞋留在原處。起先她只是走著，接著腳步越來越快、越來越快，終於像一陣風般穿過樹林。耀眼的橘色光澤自樹隙灑下，從她的臉頰不斷向後撫去。她的腳掌感受到草地的滋潤，樹浪湧動如海，喜鵲在山坡上長嘯翱翔，而白紗輕盈掃過土地。

也是這時，利馬夜在微風的吹拂下，無聲閉上了眼睛。

第四章——永生

將你的目光投向汪洋，
將你的靈魂寄予大海。
當漫漫長夜似無窮盡，
請記得我，記得我曾在這裡。

——羅琳娜．麥肯尼特（Loreena Mckennitt），
〈但丁的祈禱〉（Dante's Prayer）

我們這種人

〔二一一九年〕

當午夜傾倒一片深深的藍，年紀差了三歲的兄妹，利馬蒼和利馬葵站在一處由廢棄物堵死的海灘上，迎著夜風。

從一旁看來，他們只是站著，彷彿欣賞著燈塔靜旋時掃過的無垠海面。

「你看到什麼？」利馬葵發問。

「山洞。」利馬蒼說。

「山洞？我看到車站。」

「車站？妳前夫甩了妳的那個？」

「給我閉嘴。他不是我前夫，我們也沒有結婚。」
「妳只是懷孕了。」
「對，因為我想要小孩，」她有些不耐煩，「你可以不要再管我的私生活了嗎？」
「我沒有要管。我妹妹已經二十四歲了，她當然可以決定要跟誰生小孩，也可以一把鼻涕一把眼淚地跟前夫說再見。」
「利馬蒼。」
「我只是在問……所以是那個車站嗎？那個妳不准別人說的車站？」
「對啦！」利馬葵嘆氣，「那你的山洞呢？又是怎樣？」
「身為哥哥，我永遠都不會告訴妳。」
他試著揉揉眼睛，用力閉上，然後睜開。山洞依舊矗立在那裡，像個大碗蓋在海上，潮水甚至相當配合地，在岩壁上打出浪花。
「好，那身為哥哥的你告訴我吧！為什麼我們會看見不一樣的東西？」利馬葵開始向前走，將夜浪一步步踏碎。
「媽媽沒跟我提到這件事，」他拉住妹妹的皮外套，「她只有叮嚀我，千萬不要進去。」

「不進去的話，你覺得我們有辦法把媽媽救出來嗎？」利馬葵從海水中拔出一隻腳，秀出一只黑色腳環，「還有，為什麼我們非得被裝上這種狗屁追蹤器？這根本違反了一堆國際法吧？嗯？」

「小葵，他們應該就是在等著我們進去的那一刻。因為他們想研究我們這種人，都是怎麼辦到的……」

「那就進去呀！有什麼好怕的呢？大不了別再出來就行啦？我才不相信進到這裡面之後，會找不到半個人幫助我們。」

「妳忘記了嗎？媽媽還在他們手上。」

「或者媽媽早就已經死了。」

「妳不應該講這種話。」

利馬蒼放開手，利馬葵瞪視著無邊的黑暗。

一個大浪打上來，他們都溼透了，在燈塔光線掃過身體時微微一顫。

利馬家守則

〔8〕

利馬葵失蹤三個月後，利馬蒼終於獲釋。在律師的多重奔走之下，國安單位心不甘情不願拆掉了他腳踝上的追蹤器，但對他下了重重的禁制令。不論走到哪裡，利馬蒼都能找到緊跟在後的黑衣探員。有次他對那些人大聲吆喝，乾脆過來一起吃飯吧？他們並未領情，繼續站在陰影裡頭。

小葵終究還是離開了。

在她所看見的車站裡頭，究竟有著一個怎樣的世界？她還能活著回來嗎？她會變成一個怎麼樣的人？

利馬蒼知道，這是兩條截然不同的道路。他們的母親利馬堇，之所以如此反覆叮囑，必定有其道理。母親說過，一定要阻止小葵在二十五歲之前進去，彷彿早已預見小葵的那份叛逆。早知如此，他倒希望母親可以先提一下那個根本不愛他妹妹的混帳，方便他事先打斷對方的腿。

現在他還能怎麼辦？總不能把妹妹的兒子留給探員照顧吧？他先失去摯愛的父母，再失去寶貝妹妹，有沒有任何人提過，他們這種人為何老是這樣顛顛倒倒地過活？

某天夜裡，他哄姪子入睡，一如往常熄掉了家裡所有的燈。他在床上躺了兩小時，接著拎起裝備，從小時候挖的祕密通道，鑽向隔壁人家的後院。他的目光警醒，腳步謹慎，確定對街的探員並無動靜後，他走過黑夜的城市，從一個電箱破壞紀念碑的後頭牽出機車，直奔已成紀念公園的韶光區。

兩小時後，利馬蒼走進有天窗的那個房間，站在床鋪上，對他自力修好的天窗讀取掌紋。他的手指在空中畫兩個圈，暗色外窗緩緩收攏，玻璃層跟著退下。利馬蒼將手伸進天窗的機械夾縫，抽出一個黃色資料夾。

母親吩咐過他，當事態失控時，他們可以依靠這些老舊的資料。

當月光倒入房裡，利馬蒼轉身背對如今矗立著一座山洞的星星森林，打開資料夾。第一張小小紙條的標題，寫著「利馬家守則」。

利馬家守則

1. 記憶會消失，物品會留下
2. 沒有選擇是必然，包括使命
3. 不進去也可以
4. 永遠記得你是誰
5. 愛是最重要的

利馬蒼翻至背面，那裡還有一行字。

一行對他們這種人來說，最最重要的訊息。

PS 他們會回來

冷王集錦：燈塔水母

寫給利馬蔚：

小蔚，我是潔寧叔叔。不知道妳跟那個傻小子過得開不開心？妳是不是又在欺負人家了呢？假如又有政府的人跑來煩你們，記得去找壞嘴明達幫忙。當然，小奉阿姨向來才是最可靠的。

我人正在南冰洋的船上，研究一種極少人願意花時間觀察的微弱訊號。我在想，假如研究有了突破，搞不好我們可以製造出一個比網際網路更加厲害的東西，如果我能成功，我想把它取名為「大洋網絡」。

在這個冰天雪地裡，我們體驗著像是能夠凍結時間的永夜。我經常想起阿夜，想起茉時老大，想起妳。許多曾經並肩作戰的好朋友們，如今都不在身邊了。或許人老了就是這樣，總在回憶遙不可及的美好過往。

老實說，茉時、阿夜、明達、小奉，還有我，在這五人組裡面，我應該是相較幸運的一個人。我爸爸在我很小的時候，坐船來到南冰洋研究氣候，最後遭遇海難，沒有找到遺體。他在我跟兩個弟弟的人生中，一直都是缺席的，只有我還稍微記得他的長相。但我從來沒有忘記過他。我經常能夠感受到他還在，這可能是一廂情願，但是明達叔叔跟我說，一廂情願就很夠了。

最近風浪太大睡不好的時候，我會把妳爸爸那些資料的備份檔拿出來看。然後我會有一些害怕，要是有任何政府單位的人，或者一些邪門的組織，知道了你們這種人的能耐，想把妳抓起來，測量看看妳身體裡面有什麼玄機，那可該怎麼辦？想到這裡我幾乎都快恐慌發作了。可是現在阿夜不在我身邊，小茉也不在了。以前每當我哭，他們就像堅強的堡壘，總是能安撫我的心。現在我只剩自己一個人，站在這荒涼的天地之間，我突然很不確定，自己到底有沒有長成一個可靠的大人？

可是不管有沒有，我們恐怕都得繼續走下去，對不對？若妳未來碰到危險，妳也一定會用妳的方式，想辦法將它化解。這跟妳是不是「圖書館」的人，可能沒有太大的關係。即使我們再擔心也沒用。那一天終究會到來。

我知道妳可能一邊讀，一邊在嘲笑潔寧叔叔的懦弱。但我只是想說，我們幾個人在小時候是因為抓緊彼此，才能度過一切。實際上，我比大家想像中還需要五人組的陪伴。可是我們也都知道，終有一天，我們必須獨自面對自己的困境。

妳告訴過我，那個地方叫做「圖書館」。我會想像它就跟「五人組」有點相像。妳知道那裡有一份力量，但妳也知道它未必能真正幫得了妳。在這世上的所有人，可能都有過類似的體驗。

好像扯太遠了，請妳原諒潔寧叔叔。

外頭黑壓壓的大海正在下雨，讓我想到死去的爸爸，或許還在海水深處沉睡著。妳知道嗎？小茉老大替阿夜辦過一場溫馨的慶生會。在她第二次離開我們之前，她向我提到一種水母。我不曉得她是從哪裡聽來，而那人又是從哪裡知道的，但我想藉這個機會，把它也告訴妳。當然，我會以我的風格來講述這件事情。

以前小奉阿姨很壞，特地把我告訴大家的所有冷知識編成一本書，叫做《冷王集錦》，還拿去學校園遊會賣錢。不得不說，她確實是滿有天分的。唉唷，我又講到無關的事情上面去了。

這是人稱永生水母的可愛東西，叫做「燈塔水母」。

牠們從白堊紀時期就已經出現在這顆地球上，能將老化的細胞逆轉回小小的胞囊，最後重生成為水母，再活一次。

聽起來真的很奇妙，對不對？

不過，即使擁有這種魔幻的永生力量，牠們還是會被海中的其他生物給吃掉，抵達真正的死亡。也因為這樣，現在這整片海洋當中，才沒有被燈塔水母給占滿。想像起來其實有點可怕……哦，真受不了。

我覺得這是一種挺有詩意的狀態。在無限的輪迴中永生，究竟是一種幸福，還是一種枷鎖？而不被外力影響命運的那些燈塔水母，是否都曾經感覺……有一點點孤獨？還有，永生並不等於不死，這一點也非常迷人。妳覺得呢？

妳媽媽看這件事情的方式很不一樣。她說，大家都是水母吧。不知道走到哪裡得要再死一次，無論想或不想，每個人的靈魂終會經歷不止一次的死亡，因為活著所以死亡。當她講到這裡的時候，我又罵她了。

我告訴她，我們跟水母很不一樣的地方，是有一些……像是期待明天天氣會不會變好的那種小小希望，可以跳脫人的身體，生生不息地傳遞下去。

我以為這時候她又要吐嘈我了，結果，她在我臉頰上親了一下。

（妳爸爸一直都不知道這件事情。）

五人組最心愛的小寶貝，我祝妳幸福。

向星星樹林裡的所有老友致上遙遠的思念。

潔

後記

我經常思考，那些消失的人都去了哪裡。

在工作期間不得不離開座位，跑到頂樓看著山抽一根菸的人。將車開到原野上，徒手製造出致命氣體的人。在窗邊打電話給任何人，嗚咽問道為什麼自己變得如此醜陋的人。痛苦的面具越是寧靜堅毅，悶響就越震耳欲聾。我無法視而不見。即使轉過身去，從來無法說服自己不為此感到悲傷。有孩子在這些過大的皮囊裡顫動、尖叫、號哭著，有時候你明明看到了，有時候我也看到了，再清晰不過。人們學會在發現別人掉出軌道時緘默，也學會在發覺自己掉出軌道時躲藏。

當我們用指尖撫過心臟，喃念著所有異常終會沒事、終會平靜，有些人朝切線衝出，再也沒有歸返。當我們摀住雙耳，哄騙著那股喪失感終會消散、回歸均質，些許自我從心靈的破洞摔落出去，恆久未再重生。

《正午惡魔》書中提到，俄羅斯人有個說法：假如你醒來時不覺得痛苦，你就知道自己已經死了。假如有什麼值得我們睜開眼睛體驗生命的殘酷，我想那必定是關乎，一些無從親身體驗你的孤寂，卻會為此掉眼淚的人。一些在你必須暫時消失時，渴望將世上所有氧氣都拿給你好好呼吸，但卻言不及義，只曉得問出「今天會回家吃晚餐嗎？」的人。

我試著想像，正如同活著活著就消失的人，出乎意料地遍地皆是；持續等候他們回來的人，其實也比想像中還要多。而我也想繼續相信，跨越界線並不等於難以挽回的終末。就算以每秒十一點二公里自願或被迫拋出極限之外，那裡也不是荒涼的虛空、不是永恆的墜落，而單純是世界的延續。從另一頭看過來，或許這裡才是界線之外。

我不斷向前苦苦行走。從刻畫未來的《小星體》，到圖書館系列第一作《珊珊，快跑！》，然後是〈萬歲森林〉、〈無光的終端〉，另一部尚未問世的圖書館系列長篇，還有本作《燈塔水母》。珊珊是她自身故事裡的主人翁，逃避過屬於她的苦痛，對神大聲抱怨過一切未免太不近人情、勞動條件實在差勁，但在後來的某一日，她成為了向茉時伸出援手的守護者。

我順從地使用掉永遠都在倒數中的生命，一邊當著神的螞蟻，從珊珊的故事，二〇一五、二〇一七、二〇一九，一部部朝著小星體所在的百年之後寫去。戴仔影響小研，小研影響珊珊，珊珊影響茉時，每個角色的生命皆環環相扣，每次選擇都將世界引向新的版本。我期待還能訴說更多的故事。總有一天，他們全體的人生，將在同一條時間線上連起。然後或許我終將明白，為何走過這麼長遠的路，只為抵達明日。或許我終會窺見，原來一切是這樣死去的；而一切，也是這樣重生的。

文字森林
READING FOREST
文字森林系列 024

燈塔水母

作　　者　蕭辰倢
總 編 輯　何玉美
責任編輯　陳如翎
封面設計　鄭婷之
內頁設計　theBAND・變設計— Ada

出版發行　采實文化事業股份有限公司
行銷企劃　陳佩宜・黃于庭・蔡雨庭・陳豫萱・黃安汝
業務發行　張世明・林踏欣・林坤蓉・王貞玉・張惠屏・吳冠瑩
國際版權　王俐雯・林冠妤
印務採購　曾玉霞
會計行政　王雅蕙・李韶婉・簡佩鈺
法律顧問　第一國際法律事務所　余淑杏律師
電子信箱　acme@acmebook.com.tw
采實官網　http://www.acmebook.com.tw
采實臉書　http://www.facebook.com/acmebook01

I S B N　978-986-507-498-2
定　　價　350 元
初版一刷　2021 年 12 月
劃撥帳號　50148859
劃撥戶名　采實文化事業股份有限公司
104 臺北市中山區南京東路二段 95 號 9 樓
電話：(02)2511-9798　傳真：(02)2571-3298

國家圖書館出版品預行編目資料

燈塔水母 / 蕭辰倢著 . -- 初版 . – 臺北市 : 采實文化事業股份有限公司 ,
2021.12　面 ;　公分 . -- (文字森林系列 ; 24)
ISBN 978-986-507-498-2(平裝)
863.57　　110012688

采實出版集團
ACME PUBLISHING GROUP